CENERI E FAVILLE

PIETRO GORI

AL POPOLO

Come al suo nascere, così pure innanzi di morire il nostro giornale manda a te, o popolo, la parola del saluto e dell'incitamento.

L'Amico del Popolo, cade, non vinto, ravvolto nelle pieghe della sua bandiera. Cade, ma non muore. Un re, che il Giusti chiamò il Savoiardo dai rimorsi giallo, e che i cortigiani spudoratamente appellaron magnanimo, elargì nel 1848 una legge sulla stampa, mutilatrice di quel cencio di libertà – se è permesso contaminare la santa parola – nello statuto promessa. Con cotesta legge alla mano, e stiracchiandola nel senso più ferocemente reazionario, gli scherani della borghesia colpirono il giornale di cinque sequestri in cinque numeri, senza contare il presente, che, col vento che tira, sarà indubbiamente sequestrato.

Ma noi non vogliamo, che cotesta gente vendereccia e venduta rubi settimanalmente su questo giornale, alimentata dai risparmi degli sfruttati, quanto rappresenta la offerta magnanima e l'incompreso sacrificio del popolo sopra i suoi santi sudori; noi non vogliamo, che per il pretesto di carpire qualche copia del temuto giornaletto, una sgherraglia prezzolata dalla più vil tirannia, la tirannia delle pance piene, ponga le mani mercenarie sulla persona dei compagni nostri più conosciuti, frughi sfacciatamente nelle tasche degli operai sospetti di anarchismo, e percuota con la crudel villania dell'idiotismo venduto alla imbecillità, i giovinetti lavoratori, che cercano nella propaganda socialista anarchica i fecondi entusiasmi della nuova rivoluzione, e ammanetti borbonicamente fanciulli rei di propalare l'odiato Amico del Popolo e della verità.

Stupidi, è vero, noi fummo, quando abbiamo pensato, che il sangue dei padri nostri non fosse poi stato del tutto inutilmente sparso in prò d'una Italia ch'or si addimostra più croata che mai, e quando sperammo che sugli ossari del martirologio infruttuoso scendesse pallidissimo, ma consolatore, un raggio purchessia delle anelate libertà.

Noi sapevamo che legge è rete insidiosa in mano ai potenti della terra. E fummo sì stolti di fare dell'Amico del Popolo una pubblicazione periodica, col povero capro espiatorio di gerente, ed ossequiosa a tutte le formalità volute dalla legge, per vedere poi legalmente soffocata la nostra voce. Oggi ci siamo ricreduti. Pastoie legali, nemmen di forma, non ne vogliamo più.

L'Amico del Popolo non muore, ma squarcia la camicia di Nesso nella sua periodicità legale e, come il catecumeno perseguitato, e come il suo predecessore omonimo, del 1792, l'Ami du Peuple del grande Marat, si ritrae a vita antilegale e sotterranea, per comparire a sbalzi, inaspettato e implacabile, sotto la forma di opuscoli, di numeri unici, di manifesti.

***

Ma prima di abbandonare la sua pubblicità periodica, l'Amico del Popolo vuol lanciare ai lavoratori, ai proletaria, ai ribelli, riassunto in brevi periodi, il suo programma economicosociale, come una suprema dichiarazione di guerra alla società borghese ipocrita ed affamatrice.

Noi combattiamo, o popolo, per la uguaglianza, innanzi tutto; ma per la vera e propria uguaglianza – non per quella mendace scritta sui muri dei tribunali dell'Italia monarchica e sulle monete della Francia repubblicana.

Noi vogliamo che tutto appartenga a tutti; vogliamo che le macchine sieno date agli operai che le rendono produttive, e che sieno espropriate agli attuali padroni, che arricchiscono sulle fatiche dei

3

lavoratori. Vogliamo che le terre sieno tolta agli oziosi proprietarii, che se ne stanno in città nel lusso e nell'orgia, e che sieno lasciate ai contadini, che le coltivano e le rendono fruttifere. Vogliamo, in una parola, che tutti gli istrumenti del lavoro tornino in possesso dei lavoratori liberamente associati, e che tutte le sorgenti naturali ed artificiali della ricchezza e della produzione, nonchè la produzione stessa, sieno dichiarati proprietà di tutti. Per questo noi ci dichiariamo comunisti. E sfidiamo chiunque non sia animato da sentimenti egoistici, a sostenere che la vera eguaglianza è possibile all'infuori del comunismo, che sintetizza i rapporti del dare e dell'avere tra individuo e società, colla vecchia ma insuperabile formula: da ciascuno secondo le sue forze, a ciascuno secondo i suoi bisogni.

***

Ma senza completa libertà non v'è completa eguaglianza; come senza vera eguaglianza non è concepibile vera e propria libertà. Chi non possiede è schiavo di chi possiede, come colui che domina politicamente, anche economicamente tende a divenire il signore dei governati. Come adunque non è possibile effettuare la uguaglianza senza sopprimere i padroni, spossessandoli di quanto ingiustamente detengono, cioè del privilegio economico, che chiamasi proprietà, così non è possibile rivendicare la libertà senza eliminare i governanti togliendo loro il governo, che è il privilegio politico onde opprimere gli altri. Non più padroni nè salariati non più governanti nè governati. Tutti liberi nella uguaglianza, tutti uguali nella libertà.

Senza proprietà privata, e quindi senza padroni, e di conseguenza senza lo sfruttamento dell'uomo sull'uomo, tutti gli individui saranno economicamente uguali; e questo è il comunismo o proprietà comune di tutte le cose.

Senza governo, senza autorità dell'uomo sull'uomo, senza la violenza morale di leggi antinaturali, e senza sbirri nè burocrazie, tutti gli uomini saranno politicamente liberi; cioè ogni individuo avrà la piena ed esclusiva sovranità sopra se stesso e non troverà la coazione a cooperare al bene collettivo se non nel movente spontaneo del suo individuale interesse: donde l'armonia dell'interesse di ciascuno con l'interesse di tutti. Ma cotesta libertà è l'anarchia – libertà delle libertà. Ci dichiariamo adunque comunisti anarchici, vogliamo essere veramente eguali e completamente liberi.

***

Ma noi che vogliamo la liberazione di tutti gli oppressi, noi che amiamo vivamente le nostre madri, le nostre sorelle, le compagne della nostra vita e dei nostri dolori, gridiamo a coteste povere creature doppiamente schiave, del padrone e del maschio: Venite a noi, o sventurate, e combattiamo per la redenzione di tutti i miseri, tra cui voi siete le infelicissime.

Vi dicono che noi vogliamo distruggere i più santi affetti di famiglia. Ma c'è per voi una famiglia, o poveri martiri del lavoro dei campi e della officina? per voi giovinette vendute, senza amore e per una bassa speculazione d'interesse materiale, alla prostituzione legale del matrimonio? per voi fanciulle deflorate dalla libidine d'un padrone libertino e gettate al mercimonio della pubblica via? per voi irresponsabili infanticide consacrate alla galera, dal tradimento degli eleganti ladri delle vostre verginità, per voi, sconsolate e vecchie zitelle dannate ad una eterna castità dallo stupido convenzionalismo sociale, che chiama immorali gli stimoli imperiosi del cuore e della carne, che non sieno controllati dallo Stato Civile? per voi sfortunatissimi e logori strumenti del piacere borghese, per voi, venustà già comprate per fame sul mercato delle schiave bianche, ed or putrescenti nelle sozze corsie dei sifilicomi?

4

Che n'e infine, o donne, o gentile e dolorosa metà del genere umano, che n'è della vostra libertà e della vostra dignità, in faccia alla prepotenza ed al sopruso del sesso dei maschi?

Questa società immorale, che lucra sulla vostra operosità di lavoratrici, sulla vostra bellezza di ragazze da marito, questa accozzaglia di gente e di leggi, pudibonde a parole ed inquinate di sifilide morale fino alle midolla, hanno la rea burbanza di chiamarci rinnegatori dei più gentili affetti, perchè vogliamo abolito il matrimoniocontratto di interessi e non libero patto di sentiti affetti, e perchè vogliamo rivendicare anche all'amore la sua libertà, strappandolo alle pastoie del codice, ai raggiri della speculazione interessata, alle menzogne del moralismo convenzionale.

O donne, non prestate fede alla nera calunnia di cotesti mercanti di cuori e di coscienze. Essi, i mantenuti, i lenoni, mentiscono ed hanno interesse ad ingannarvi sul conto nostro.

Noi vogliamo purificare l'unione sessuale; niente altro. Renderla disinteressata, coll'abolire la proprietà, movente principale di ogni basso calcolo d'interesse; renderla libera coll'infrangere le catene che ne inceppano le spontanee naturali manifestazioni.

Proclamare l'amore libero non è che dichiarare legittimo e santo ogni accoppiamento per la sublime e morale opera della procreazione – ch'è suprema necessità per la vita della specie. Abolire il vincolo civile del matrimonio per sostituirvi l'allacciamento spontaneo di due cuori e di due corpi tendenti ad unirsi per affinità elettiva e per tempo illimitato, non è che impiantare la famiglia dell'amore, in luogo dell'attuale famiglia dell'interesse. – È, in una parola promulgare la universale legge di natura, in sostituzione delle varie artificiose leggi manipolate dagli uomini, nell'interesse di una classe dominante o di un sesso privilegiato.

Ecco perchè i comunistianarchici propugnano il libero amore, come la forma naturale dei rapporti sessuali in una società di uomini sinceramente eguali e completamente liberi.

***

I preti dicono che gli anarchici vogliono distruggere la religione. Hanno forse una religione i preti che non sia quella della loro pancia e del loro benessere materiale?

Gli anarchici non vogliono che la libertà per tutti; vogliono distruggere il pregiudizio e la superstizione, e proclamare la scienza maestra e regolatrice della vita. La scienza poi, ch'è positiva ed antireligiosa, farà da sè.

Ma gli anarchici non vogliono più patria, grida la gente timorata; rinnegano anche la cara patria, costoro! Vediamo un pò: dov'è la patria per l'operaio patriotticamente sfruttato dal padrone, fino al giorno in cui, diventato inutile, gli si chiude in faccia la porta dell'officina, e si getta senza lavoro e senza conforti sul lastrico? Dov'è la patria per il contadino pellagroso, cacciato dalla fame nelle patrie risaie, per il bracciante costretto a cercar al di là dell'oceano terre meno avare di quelle in cui è nato, e cittadini un pò più umani de' suoi compatriotti? non ci sono doveri dove non ci sono diritti. Che diritti hanno i proletari in patria, se non l'onore di difendere la terra da loro coltivata e la roba da essi prodotta, e che solo i ricchi si godono? Tra Vanderbildt miliardario ed il suo compatriotta Lazzaro mendicante, c'è tanto di comune e di fraterno quanto fra un miserabile cittadino languente di fame, tra i fiori del bel giardino Italico, e il celestiale imperatore dei Chinesi. Ma c'è bensì tutto di comune fra il contadino italiano ed il povero fittaiuolo irlandese, fra gli operai dissanguati dell'Italia monarchica ed i salariati della Francia repubblicana, che fa gli esperimenti della polvere senza fumo

5

sul petto dei lavoratori. C'è di comune la miseria, la ignoranza, l'abbrutimento, l'incoscienza dei propri diritti.

E i governanti, ed i mestatori ambiziosi, onde meglio dominare, si affannano a suscitare odî fratricidi tra popolo e popolo, per la così detta dignità della bandiera, o per futili questioni di nazionalità. Se non che i popoli hanno ormai compreso il giuochetto insidioso dei potenti e dei patrioti. I lavoratori cominciano già a capire che i nemici non stanno al di là di questa o di quella frontiera, ma sono in ogni paese; sono in ogni patria: governanti e padroni, prepotenti e parassiti; e stringono da un capo all'altro del mondo, le reti della universale camorra poliziescocapitalistica, che sfrutta, dissangua ed opprime la maggiore e miglior parte del genere umano.

Questa alleanza internazionale dei diseredati e degli oppressi di tutte le patrie in aperta rivolta contro la coalizione dei governi e delle borghesie, rovescerà tutti i vecchi ordinamenti sociali a base di sfruttamento, di privilegio, e di tirannide, instaurando su tutta la terra un'Era nuova di amore e di benessere tra gli uomini resi liberi, ed uguali.

Per tal ragione i comunistianarchici sono anche internazionalisti.

***

Ma tutto questo rinnovamento sostanziale e profondo della società umana non è possibile se non mercè la violenta insurrezione del popolo contro la violenza legale degli attuali privilegi economici e politici. Donde la necessità d'una rivoluzione sociale.

Noi siamo adunque antilegalitari e rivoluzionari, e, l'Amico del Popolo, nella nuova fase di vita battagliera, in cui sta per entrare a dispetto elle ire del Fisco, alla cui paterna tutela vuole in ogni modo sottrarsi, si manterrà fedele al programma qui enunciato, esplicandone ampiamente le varie parti nei manifesti, nei numeri unici e negli opuscoli promessi.

E tu, vecchio popolo lavoratore, conforta l'umile e solitaria opera nostra coi ruggiti del leone in procinto di slanciarsi. Anche nel furore della lotta sanguinosa, sarà sempre un grido di amore quello che eromperà dal petto dei combattenti: Viva l'Umanità!

PRO DOMO NOSTRA

Coraggio!… Perché non dovremmo vincere?

Siamo pochi – confessiamolo pure. – Che importa?... Ma dietro a noi stanno le moltitudini infinite. Le moltitudini sfruttate e dolorose, a cui è necessario bandire la parola di redenzione.

E perchè non giungeremmo noi a persuadere? Perchè non dovremmo noi riuscire a questa dimostrazione: che l'attuale sistema economico e politico non è che una forma di brigantaggio organizzato a vantaggio di pochi privilegiati e a danno delle grandi maggioranze proletarie?

E, raggiunta la dimostrazione demolitrice, perchè non riusciremmo a coronarla con questa conclusione che società veramente libera ed egualitaria potrà dirsi solo quella in cui più non saranno nè padroni nè governanti?

O saggio magistrato del Fisco; perchè arricciate il naso? Intendiamoci subito: Noi non scriveremo la nostra rivista con la penna intinta nel fiele dell'odio: e per amore degli uomini che siamo combattenti – ed è con un pietoso sentimento umano (il sentimento dell'anatomista indagatore) che vivisezioneremo le palpitanti ingiustizie sociali.

E se le nostre ribellioni morali alle constatate ingiustizie ci faranno talvolta esplodere in irruenti parole, pensate, o saggio magistrato; che anche Cristo di Galilea, ch'era mansueto e mite, non seppe frenarsi dalla voluttà di staffilare i mercanti profanatori. Che se dalla miseria dei molti, innegabile e dilagante, se dalla disonestà trionfante in alto e smascherata da noi, il lettore sarà trascinato a riflessioni irresistibilmente ed onestamente rivoluzionarie – la colpa non sarà nostra, ma del modo di funzionare degli ordinamenti sociali che si sfasciano per dissoluzione organica propria.

***

Per dirsi anarchici, per affermarsi audacemente, intransigentemente anarchici, quando tutta la folla pavida e pratica, che passa sotto il nome di gente onesta sta loro con la pistola alla gola, e le gazzette soffiano nel fuoco ove vorrebbersi bruciare i loro scritti, e – approfittando della occasione – anche gli scrittori, quando perfino la classica, ospitalità britannica smentisce se stessa col dar la caccia a questi profughi d'ogni paese, a questi reietti di tutte le patrie; quando la serenissima repubblica di Francia, briaca ancora dello champagne bevuto in omaggio del grande deportatore di tutte le Russie, tresca con le polizie monarchiche per tutelare le sazietà democratiche dalle fami coscienti e irruenti di cotesti faziosi; quando infine i socialisti di Via San Pietro all'Orto dicono e stampano sugli anarchici più sciocchezze e insolenze di tutti insieme i Pubblici Ministeri, concionanti nei soliti processi di associazione di malfattori – oh perdio, e non lo diciamo per vantarcene, un po' di fegato ci vuole.

Ebbene, malgrado tutto ciò, noi non ci daremo le arie da perseguitati, non faremo le querimonie d'un martirologio ch'è nulla di fronte alle grandiosità dell'idea, per cui nelle nostre file si combatte e si muore, ma che è pure infinitamente grande nel cospetto del socialismo cattedratico, senza pericoli e senza abnegazione, dei cacciatori di voti.

***

«Fino al socialismo, sia... ma fino all'anarchia no – no, e poi no – non ci arriviamo». Ecco, il discorso che corre sulle bocche della turba misoneista – dalla folla eunuca e abbrutita dalla miseria fisiologica e dalla degenerazione morale, alla folla dorata dei pubblicisti che trovano nelle ribellioni... letterarie il segreto di rendere accetti al pubblico i loro libri, e dei dilettanti di rivoluzione... nei congressi nazionali e internazionali, difesi e protetti dai patri governi.

Oramai il socialismo, così nel suo significato generico, è un genere di sport come un altro.

«Chi è che non sia socialista oggi?» diceva di recente un moderato illustre in un discorso politico.

Certamente: è un'iridescenza infinita che va dai redattori della clericale Rassegna Sociale alla Critica... non meno Sociale – ed anche (e, perchè no?) alla neonata Lotta Sociale.

«Parole, parole, parole» direbbe Amleto, e sia – una rivista per quanto battagliera non è una battaglia.

Ma può essere un segnacolo di battaglia. Ebbene volete scommettere, lettori amici, che tutte le ire, tutti gli odî si addenseranno contro di noi?

L'autorità ci farà subito il viso delle armi – e il neo socialista Lombroso si affretterà a domandare i ritratti dei redattori per completare i suoi raffronti antropometrici fra gli anarchici e i delinquenti.

***

E noi proseguiremo, coraggiosamente sereni, per la nostra via.

Giungeremo a persuadere?

A persuadere che la nostra è la idea dei buoni, dei forti e dei veggenti?

A persuadere che, benchè tutti sieno contro di noi, e noi contro di tutti – pure nei cuori nostri non alberga l'odio contro i nostri simili, e che solo perchè non siamo violenti vogliamo distruggere la violenza con la violenza?

A persuadere che, appunto vogliamo siamo amici dell'ordine, del vero ordine sociale, vogliamo l'anarchia, ch'è la società senza governo?...

«Ma la società senza governo è essa possibile?...» gridano mettendosi le mani nei capelli le oche dell'attuale disordine legale – che i sociallegalitari per malignità chiamano anarchia borghese.

«E chi farà i regolamenti ferroviari in anarchia?...» urla esterrefatto il paffuto direttore di Critica Sociale... «E chi beverà il cognac Martell di sette stelle?» grida gongolante di rabbiosa gioia l'ex onorevole Ruggero Bonghi.

Lettori amici, in questo numero promettiamo molto, e non dimostreremo nulla. È facile comprendere perché.

È un mondo intiero che tramonta, ed è un mondo nuovo che sorge.

A noi dimostrare le ragioni di cotesto inevitabile tramonto –a noi dimostrare la fatalità storica di cotesta aurora che dai sanguigni orizzonti, si affaccia sfolgorante e trionfale.

Da più luoghi della mia isola nativa, ove mai posi piede, da che ne uscii lattante, voci e lettere amiche m'invitano – prima ch'io ripassi l'oceano.

A tutte io rispondo: Verrò. Come, quando? Nel modo ed allora (in autunno certo) che saranno vinte le difficoltà materiali, che ad uno, ricco solo di fede, rendono tarde talvolta le più vive energie.

Verrò, conterranei, nell'isola bella e dolorosa, di cui tante volte il dolce grido materno mi giunse fino ai lidi lontani, nelle terre d'oltre Atlantico, dove tanti suoi figli vanno raminghi ad attestare che l'antico granaio d'Italia non ha più pane per chi lo fecondò col suo lavoro, per chi lo bagnò col sudore della sua fronte, convertito in lacrime di sangue.

Verrò a leggere un capitolo di più dei dolori e delle speranze di questa patria italiana, che noi, profughi nelle ore della follìa persecutoria, andammo tenacemente vincolando con le patrie remote, ove le comuni miserie e gli ideali accomunantisi, parlano alle plebi lavoratrici e stanche, un idioma più alto che le vecchie favelle delle nazioni; verrò a veder co' miei occhi e ad incidere nel mio cuore coteste tristezze siciliane, che sono un'ingiuria al sole, che splende sì lucente ed animatore su cotest'isola, benedetta dalla natura, e addolorata dagli uomini.

Verrò a udir le voci del suo proletariato, che udii fioche e lontane tra le scariche di fucileria nel tragico '94, ed a cui da Milano, inutilmente, rispondemmo col grido della protesta fraterna; le voci che si levano dalle tue zolfare, dai tuoi campi e dalle tue baie ridenti, ove ignoto dovrebb'essere il dolore dell'ingiustizia – o Sicilia eroica.

Verrò senz'odio, com'è mio costume, e senza iattanze, o compagni; con questa ambizione sola: di mostrarmi sul suolo della mia terra nativa, come un lavoratore austero e sereno, che sa esser la sua una fatica buona; e che al termine della sua giornata, dopo il gesto largo, che empiva tutto l'orizzonte, del seminare – riposa nella certezza, che dalla sua sementa nasceranno le spighe, matureranno i frutti per tutte le mense degli uomini.

Così verrò tra voi, amici lavoratori della Sicilia – a studiare, a lavorare. A studiare il problema delle vostre angoscie, a cantar l'inno del vostro riscatto. E lavoreremo in compagnia al dissodamento superbo, alla seminagione ideale.

Anche se per poco, voglio sentire tutto il palpito, ahimè come compresso, del tuo gran cuore, o Sicilia.

Voglio frugare tutti i ricordi, prossimi o remoti, delle iniquità e delle oppressioni viste lungo il mio ramingare a traverso il mondo, e porle a raffronto di quelle, che vedrò sanguinar nel tuo seno – voglio, che la mia povera parola, salutante le tue plebi, abbia la vibrazione di tutti gli spasimi e di tutti gli ideali, che raccolsi dalla bocca e dall'anima delle moltitudini d'ogni paese, per dove passai; e possa io di tutto ciò fare una strofa, una sola strofa del tuo carme di resurrezione, o Sicilia proletaria!

È con questi intendimenti ch'io verrò a far sementa d'idee, o compagni isolani, se mi conforterà la cooperazione vostra in questo lavoro di propaganda e d'organizzazione, che rimarrebbe sterile senza uno sforzo concorde di uno slancio collettivo.

Rosignano Marittimo, 26 settembre 1902.

EMMA GOLDMAN

Mi par di vederla, nella immensa Hall bianca della Germany Rooms di NewYork, eretta sull'adusta persona, con gli occhi, mentre parla, fissi come in un mondo invisibile: il mondo intimo dei suoi sogni di milite valorosa, a cui della fanciulla non restò che il cor buono.

Tedesca d'origine e di temperamento, c'è nondimeno in lei qualche cosa della foga latina: ma l'atteggiamento della persona e del pensiero resta profondamente alemanno.

Nei suoi scritti e nella sua parola lampeggia la filosofia di Kant e di Hegel, che fu la prima fonte, a cui bevvero le menti ribelli della Germania giovine.

Come le sue vesti, così è semplice il suo linguaggio, ma vivo, palpitante di fatti osservati, di verità anatomizzate e messe a nudo tra il coltello dell'investigazione ed il marmo saldo del ragionamento: tanto che, guardandola quando parla, la mente, non so perchè, la associa al ricordo degli operatori, così eloquenti nella secchezza austera dei colpi di bisturi, dati sotto lo sguardo vigile del vegliardo glorioso: Virchow.

Di tanto in tanto è vero come in tutti gli agitatori delle masse il concetto ed il gesto si fanno lirici, quasi profetici: ed allora Emma Goldman assume l'aspetto d'una sibilla: dalle sue labbra gli accenti escono come squille d'apocalisse, e le visioni come contemplazione di cose, realmente intravvedute, laggiù, nell'avvenire lucente e giustiziero. Ma passata la vibrazione nervosa, che proruppe nelle parole di fiamma e di tempesta, nel suo spirito e nel suo discorso torna la serenità imperturbata della logica fredda e tagliente come una lama: e solo quando l'anima si è caricata nuovamente d'entusiasmo e d'elettricità scroscia per pochi momenti ancora la folgore, per poi dar luogo all'alternativa blanda dei crepuscoli e delle aurore: tutta la filosofia sociale delle cose dannate a scomparire, tutta la fede fatta di scienza, che sa ed annunzia, agli uomini le cose che verranno.

La vita di Emma Goldman, dal giorno in cui seguì la bandiera delle rivendicazioni sociali, è stata tutta un sacrificio ed un combattimento. Contro lei, donna, i morsi della persecuzione e della calunnia si facevano più rabbiosi ed avvelenati; e non c'è stata raffica di reazione, che sia passata sul territorio dell'Unione NordAmericana, senza coinvolgere anch'essa, e gettarla in carcere, o cacciarla in bando. Ma essa ha guardato con gli occhi tranquilli, levando la pallida fronte serena verso i suoi persecutori, senza odio e senza paura ed essi dovettero inchinarsi dinanzi a quella donna.

Più giovane assai di Luisa Michel, essa tiene nondimeno una stretta parentela morale con la sua sorella latina.

Dolce e valorosa come lei, i compagni del NordAmerica, come quelli d'Europa per Luisa, non la ricordano che col semplice nome.

I pugnalatori a servizio della stampa gialla yankee han riso anche su questo.

Ciò non toglie, che i suoi compagni di lotta perseverino a chiamarla Emma, semplicemente. È una sorella a cui tutta la famiglia vuol molto bene.

EMILIO ZOLA

Emilio Zola, non fu uomo di parte; e sarebbe rimpicciolire questa gigantesca figura, materiata tutta d'idea e di azione, il volerla costringere nel letto di Procuste di un determinato partito politico o sociale.

Ci sono attraverso la vasta fucina della operosità umana degli uomini che passano e comprendono la fatica collettiva, gli atleti del sentimento e quelli della ragione. – Se voi riandate attraverso le pagine della storia, voi vi trovate di fronte a questi giganti che mettono il cuore a contatto con le piaghe di quella parte dell'umanità che, sudando sudori di sangue, crea la infinita ricchezza per l'ozio spadroneggiante dall'alto. E questi uomini si chiamano Apostoli o Profeti o Veggenti, secondo che dissero le loro parole in nome di un principio politico o religioso o sociale. Essi si possono chiamare Socrate, Platone o Gesù; ma tutti fanno pulsare la grande arteria del sentimento umano verso questo cammino ognora ascendente, attraverso tanti triboli ed asprezze e dolori, verso la trasformazione e resurrezione del dolore dal giogo secolare che opprime i più, verso la redenzione di tutti i diritti, primo dei quali il diritto della ragione, perchè questa è la forza del pensiero. Dopo i lavoratori del sentimento, vengono i cavalieri armati di quella gigantesca forza scintillante che è la ragione. L'umanità ha bisogno degli uni e degli altri. La vita si ispira all'insegnamento, fatto il più delle volte di sacrifizî degli uni e per la virtù illuminativa del pensiero degli altri, fatto di opere che hanno il più alto merito quando s'ispirano al servizio della verità.

Emilio Zola, questo pollone gagliardo sbocciato dal gran ceppo latino, doveva riassumere in sè e contemperare la ricchezza del sentimento e la luminosità della ragione investigatrice. Egli sorse quando il vecchio e basso impero di Napoleone il Piccolo, riassunto di vigliaccherie politiche e tragedie memorabili, volgeva alla decadenza attraverso la Curèe e la Débacle. Ed egli sorse, il gigante; sorse e apparve come un serbatoio mirabile di sentimento e di ragione. Si direbbe che egli impersonasse sino dai primi momenti della sua opera la figura artistica e colossale, creata da lui, di Pietro Froment. Aveva la fronte turrita ed ampia, e la dolce piega della bocca meditabonda e gentile, col temperamento fisiologico e psichico d'un predestinato dalla natura e dal fato a compiere le azioni buone del cuore e le belle della mente. Egli afferrò la vita nelle sue multiformi pulsazioni. Medico ed arcangelo nello stesso tempo, ficcò gli occhi in fondo alla cancrena sociale; e in quella caliginosa epoca del Basso Impero di Francia sentì il dovere dell'artista e del cittadino, e, più alto, il dovere supremo dell'anatomista; perchè, se c'è un dovere ed un'opera che rendono gagliarde le anime nelle epoche di transazione, questo dovere e questa opera altissima sono appunto il dovere e l'opera dell'anatomista. Egli afferrò la società con tutto il suo male; esaminò questa civiltà borghese in rapporto al momento storico speciale in cui andava costruendo la sua opera; e, Dante moderno, scrisse ciò che vide. Egli appartenne infatti alla stessa razza di artisti di Michelangelo e Dante. Il ragionamento suo voi lo trovate nel Roma, in un dialogo fra Pietro Froment ed un ammiratore del Botticelli. È bello, dice il Froment, tutto ciò che mira al trionfo delle leggi più fondamentali dell'esistenza!». Per questo io dico che Zola fu un magnanimo che riassunse l'anelito dell'umanità veggente.

Ed egli passò, e ciò che vide scrisse. Quanti passano e guardano senza vedere! Quanti cogli occhi pieni della loro vanità, puramente decorativa e coreografica, invadono la palestra per porsi in evidenza, e poi non lasciano dopo di sè nessun solco nella storia!

Altri invece passano silenziosi come anime vaganti, ma con gli occhi di aquila guardano e spiegano la causa dei fenomeni umani. Emilio Zola comprese che il sistema positivo e sperimentale doveva essere portato da lui, anatomista e studioso della verità, nella politica e nell'arte, e specialmente nell'opera letteraria.

Appartenne agli scrittori di lettere umane, perchè dell'umanità intese le voci infinite e multiple. Ed io dovrei, celebrando l'opera sua gigantesca, parlare della ideale città bianca che egli innalzò nel suo pensiero e col formidabile metodo d'investigazione oggettiva, che farà della sua creazione artistica una delle cose immortali, perchè poggiata sulle basi granitiche della verità, che subito si manifesta agli occhi dei buoni e dei sinceri.

Egli vide e scrisse. Ridirvi ciò che palpita e scintilla nell'opera di Zola, sarebbe dirvi tutta la vita odierna piena di tante angosce e mostruose contraddizioni e pur fulgida di tante bellezze! Noi lo ammiriamo perchè, demolitori, apparteniamo con lui alla schiera di quelli che gridano: distruggerò ma per riedificare. Siamo i demolitori di ciò che rappresenta la morte e la distruzione della vita stessa.

Zola rinverdì il principio eccelso che deve fare l'uomo fratello degli altri uomini, i vari paesi e le varie nazioni concittadine e sorelle nella gran patria universale degli altri popoli.

Ecco perchè, quando uomini siffatti scompaiono per uno stupido e volgare accidente, quando si sente dire: «Zola è morto!» quel movimento di stupore, che pervade e batte perfino alle porte dei cuori più insugheriti e dei cervelli più incartapecoriti, fa comprendere che un legame misterioso lega la umanità ai suoi genî giganti.

Zola rappresentava questo dovere e questo sentimento civile che trasformarono la sua tempra di artista in un coraggioso denunziatore del vizio. Come artista parve immorale; perchè, dopo aver inchiodato la società sul tavolo anatomico, e dopo aver ficcato il coltello della dissezione al di sotto della cancrena e dopo aver fatto saltare il cancro, il marciume ed il sangue nero e dopo aver fatto vedere di che lagrime grondi e di che sangue questa pretesa civiltà cristiana, per giunta cattolica apostolica romana, egli disse: «Accusatemi, ma con me accusate la verità che io vi ho detto nell'idioma dolce ed universale di Victor Hugo!».

Ed egli, senza paura, scrisse la verità come a lui si era manifestata.

I sacerdoti della paura, che sognano i mezzi termini, e le mezze coscienze, si rannicchiarono nei tenebrori delle loro sacrestie e mormorarono: Costui è un immorale! – Costui che ama come Fidia e Prassitele la verità nuda non contaminata dalla foglia di fico, è un immorale, perché non vuole mettere intorno al corpo di Frine il velo mistico e molti pampini, onde la sua nudità possa rifulgere innanzi all'Areopago e alla plebe di Atene. Ma Iperide passa e leva il velo per dire: Accusatela, se avete il coraggio! – E Iperide a lungo andare ha avuto sempre ragione, anche quando non è stata eloquente la sua parola; ed è rimasto il tipo più squisito del difensore delle cose difendibili! Così Emilio Zola persistette nella scuola di pessimismo sociale e d'inverecondia voluta.

«Tu sei l'immorale!» diceva la critica rigida e bacchettona, talora in scuffietta di vecchia megera baciapile, e talora in tricorno e talora in veste di sciabolatori. Ed il livore delle mezze coscienze e delle paurose verità si trasfondeva non solo contro il letterato, e contro l'artista; ma ancora contro la figura che sarebbe nata dall'artista, contro il cittadino, il lottatore, l'accusatore.

Egli aveva afferrato la società e, dopo averla sezionata, aveva fatto i suoi personaggi di carne viva! Oh! quanto diversi da quelli di carta pesta, stereotipati da tanti altri che sono passati nella bella terra di Francia, nell'Accademia degli immortali, le cui porte furono sempre chiuse allo Zola, quantunque a lui siano state aperte le porte della posterità, mentre gli Immortali sono già morti prima di morire!

Egli aveva preso ad esaminare tutta la purulenza della società, l'interno della putredine della vasta fatalità sociale. Emilio Zola aveva cominciato col maledire; e come non lo avrebbe potuto nello studiare la famiglia dei Rougon Macquart? nel vedere quali lacrime di sangue derivano da questo fato scellerato che ancora grava sul secolo ventesimo, sorgente all'ambizione della vita? Come avrebbe potuto egli non cominciare a combattere contro le tendenze del suo tempo che erano state inarginate nel Romanticismo?

Al sorgere di Zola tramontava il Romanticismo, che con Victor Hugo aveva combattuto battaglie tremende; perchè davvero, durante le rappresentazioni dei grandiosi drammi hughiani si assistè a veri combattimenti.

Ma il Romanticismo aveva per base tutto lo spirito della vecchia Europa, ed era un bisogno estetico di un tempo ormai passato. Romantici furono i lirici più grandi, dal mimetico Alessandro Manzoni al ruggente Francesco Domenico Guerrazzi, e romantici furono Heine, Goethe ed i poeti dell'Inghilterra, perchè la letteratura, come l'arte, non fa che rappresentare la grande anima collettiva dei popoli. Ma, rispondente a nuovi bisogni, poi si levò il naturalismo letterario di Zola, preceduto da pochi araldi, e seguito dall'abbaiare clamoroso delle pudibonde della critica dimezzata ed arcigna. La sua penna, da bisturi assurse a spada scintillante di giustizia riparatrice. Ed era la sua veramente una penna che sapeva le tempeste; e come Hugo aveva dato il primo cozzo all'impero di Napoleone il Piccolo, così egli ne continuava la demolizione. Così Carducci, prima d'essere commendatore, avrebbe potuto ripetere a Zola:

Poeta, a te il trionfo su la forza e sul fato!

Poeta, co 'l lucente piede tu hai calcato

Impero e imperator!

Furono due giganti costoro che s'innalzarono in quella bella serra del pensiero artistico e letterario che è il giardino di Francia. E lo Zola di pari passo seguì la via dell'atleta dei Miserabili e della Leggenda dei secoli!

Quest'uomo io l'ho veduto a Lugano; e non dimenticherò mai la mezz'ora passata insieme, non dimenticherò la sua stretta di mano, i suoi occhi scrutatori che guardavano al di là della superficie delle cose, quegli occhi égarés che tutto osservavano e tutto vi penetravano e vi frugavano nell'anima con lo sguardo profondo.

Il metodo suo era, per dir così, parte integrante del suo temperamento. Non si può essere ciò che fu Zola se non vi si è predisposto per tendenza naturale; non scaturisce un Michelangelo da un qualsiasi idiota. Noi, egualitari nell'utopia magnanima e positiva, riconosciamo che certe tempre che eccellono sulle altre non significano affatto distruzione dell'eguaglianza sociale; e appunto perciò ne scriviamo il nome a lettere scintillanti sulla nostra bandiera.

Nella eguaglianza dei diritti, dei sentimenti e dei doveri esiste questa specie di sovranità del pensiero e della ragione, che si guarda bene dal far consistere la superiorità nella violenza, e non la affida alla punta della baionetta e del moschetto. Questi spiriti sovrani non formano affatto, come si dice, una specie di aristocrazia, ma sono gli Ottimati che rappresentano nell'umanità il crogiuolo migliore delle idealità redentrici!

Ed era come tale che Emilio Zola nella sua opera magnifica doveva, come potè, riassumere tutto il problema dell'esistenza contemporanea. Posso io far sfilare innanzi a voi tutta l'opera Zoliana? Dovrò io farvi passare dinanzi come in una ricostruzione grottesca, tutta la moltitudine di personaggi reali, d'imperatori fuggenti come Napoleone, e travolgenti dietro di sè, come nella Débacle, tutta la Francia dei suoi cortigiani e perfino dei cuochi con le relative casseruole ben lustre, sopra il fango di Sédan e il sangue di Metz?

Dovrò io condurvi sui boulevards ad osservare lo sfarzo dei parvenus, che con molta fatica d'ozio usurpano i sudori altrui? Dovrò in ridirvi la storia dei Saccard nella Curée o condurvi nelle anticamere di Nanà? Io ero ancora un bambino e leggevo i libri proibiti seguendo l'antico esempio di Eva; ho letto allora anche Nanà. Questo libro mi parve brutale sì, ma magnifica dimostrazione anatomica della putredine sociale; e nel letterato naturalista vidi il simbolista, quello stesso che più tardi si manifestò, scrivendo le Tre Città ed i quattro Evangeli. Nanà era la società plebea che si vendicava della società gaudente. Ella si divertiva a fare aspettare nelle sue anticamere gli ambasciatori ed i principi del sangue, ed a farsi mettere dei biglietti da mille nei mazzi di fiori, da quegli uomini tanto morigerati, che sarebbero pronti a gridare a quattro gole contro ogni tentativo di legislazione che venisse a sciogliere le unioni benedette dall'aspersorio e dall'articolo 130 del nostro codice! Così, come poi possono permettersi ad usura la soddisfazione di fare i moralisti in piazza o da un palco di teatro, in cui hanno accompagnata la legittima sposa e consorte.

Nanà fa ora la sua allegra vendetta contro i midolli infrolliti della gente che troppe notti ha passato nelle segrete alcove, riunendo in sè Aretino e Lojola. La donna caduta del popolo è plasmata in Nanà. Quante ne avete trovate sulla pubblica via simili a lei! Voi avete salutato con un sorriso tutte le Mimì, e le Musette che passano, non più nella commedia del teatro, ma nelle tragedie della vita; però non so se la loro vista vi avrà suggerito l'ammonimento, a coloro che scherniscono a tanta sventura, racchiuso nel detto di Cristo: Chi di voi è senza peccato scagli la prima pietra.

Nanà; questo fiore nella putredine, sale ad un posto più elevato della Margherita del romanzo di Dumas e della musica di Verdi; perchè Margherita è una tisica, frutto più della fantasia che della osservazione, che non rappresenta affatto la brutale realtà. Nanà è una Margherita più vera e maggiore perchè contiene tutta una verità tragica. E da questo punto di vista fondamentale io vedo fluttuare nella ondata dei ricordi tutta la moltitudine dei Rougon derivati dalla mamma Felicita; questa vecchierella che nessuno può avere dimenticata, secca e magra, come una cavalletta, che nel suo salotto giallo riceve le notabilità della piccola città di Plaissans, a cominciare dal suo sottoprefetto, tipo reale di funzionario, che fa a perditempo qualche cosa di buono, e che usa della propria autorità talvolta in bene e talvolta in male, così come spira il vento. E Plaissans è il mondo, la città industriale, la città molteplice, la Imperial City: poichè nell'infinitamente piccolo c'è il simbolo dell'infinitamente più grande. L'anatomista e artista ha quivi colta la società e l'ha mostrata nel libro ai lettori tale quale è.

Da mamma Felicita discendono, tutti quanti portano le stimmate della degenerazione atavica, dal delinquente volgare della strada fino a quello più volgare ancora della politica, impersonato in Sua Eccellenza Eugenio Rougon. Da quel salotto giallo scaturisce altresì tutta la immensa pleiade degli uomini di guerra e di pace, di lavoro e d'ozio, che formano insieme l'immagine esatta della società contemporanea, la cui visione fosca si presenta al lettore con una intensa impressione di verità. Si può quasi dire che sulla famiglia dei RougonMacquart pesi la stessa fatalità tragica eschiliana che accompagna Napoleone III dal delitto del 2 Dicembre alla catastrofe di Sédan. E si direbbe altresì che tutta la vecchia storia di Francia abbia maturato, generato, per poi travolgerla, questa famiglia, che rappresenta anche troppo l'anima e la tendenza della vita contemporanea. Ma poi con la Débâcle, col Germinal, con l'Argent e col Dottor Pascal, dopo le allegre elegie e georgiche dell'Abate Mouret, Emilio Zola giunge ad una sintesi talmente consolatrice, che l'opera sua si presenta, alfine, non solo come passatempo e missione dell'arte per l'arte, ma come civile combattimento che ha bene il suo contenuto morale. Allora si comincia a riconoscere che Emilio Zola aveva tuffato coraggiosamente le mani nel letamaio per poter gettare il fango in faccia a chi ci si trovava bene. Egli aveva sentito il bisogno di acuire nel suo pubblico il senso del ribrezzo per ogni bruttura ed ogni orridezza morale.

Sapeva – profondo moralista e psicologo – che, dal punto di partenza al punto di arrivo, doveva condurre i suoi lettori attraverso tutte le bolgie dell'infamia per quindi assurgere, sulle rovine dei vecchi idoli e degli astri spenti, alla contemplazione di altre stelle e di altre costellazioni. Già, dopo la caduta di Napoleone, dopo quella indimenticabile corsa sfrenata del treno, descritto nella Bestia Umana, rimasto senza guida e carico di soldati, carne da macello e oggi da cannone, comincia l'evoluzione di Zola o meglio un nuovo periodo evolutivo della sua mente e quindi dell'opera sua. È da allora che il simbolo comincia ad apparire, nei suoi libri, accanto alla descrizione reale e brutale. Così, il Dottor Pascal, nell'ultimo romanzo del ciclo dei Rougon Macquart, rievoca tutte le vicende della propria famiglia, e ricorda la sua gente in fondo ai pozzi del Germinal, e laggiù i ribelli neri sempre minacciosi; e d'altra parte rivede con la mente i figli suoi saliti ad alte cariche e posizioni privilegiate, riepilogando insomma, dinanzi a mamma Felicita oramai decrepita, tutti i casi della sua famiglia. Quivi il dottore Pascal è la mente monolitica che tutte raggruppa le cause profonde e, in lui che guarda in faccia la morte con serenità, voi avete la sintesi del romanziere, del filosofo e dell'artista. Quando il Dott. Pascal nega a sua madre il libro della fisiologia di sua famiglia, io domando se non è a questo punto che il pessimismo sociale ed artistico di Zola assurge ad un'alta apologia della vita. Io non so perchè a questo punto io mi trovi discorde quasi con tutti, compreso l'amico mio venerato e maestro in filosofia, l'illustre Giovanni Bovio. Essi nelle Tre Città non vollero vedere ciò che doveva essere il portato della evoluzione artistica di Emilio Zola. Oramai il letterato aveva il diritto di passare dall'opera quasi crudele dell'anatomista all'opera del medico; doveva, come il clinico coraggioso e buono, pensare ai rimedi. Per lui l'arte e la letteratura erano funzioni doverose; egli maneggiava la penna per fare di questa un istrumento di civiltà. Ed appunto le Tre Città sfolgoreggiano come cupola d'oro sul vasto edificio letterario dei Rougon Macquart.

Pietro Froment di Lourdes, Roma e Parigi è Emilio Zola in persona, per quanto attraverso vicende materiali molto diverse. Della stessa costituzione fisica degli atleti, dei pensatori e degli apostoli, Pietro Froment ha ereditato dal padre la fronte alta e turrita; e quella fronte pare un fortilizio, dove però non domina la violenza, ma la Dea Ragione rivelatrice ed illuminatrice della vita. Sua madre era donna di fede, di religione e di chiesa, ed aveva al suo figlio trasmesso un infinito bisogno di sperare, di palpitare per qualche cosa che fosse al di là delle realtà tangibili. E le due forze, la forza della ragione e la forza della fede, si erano fuse così profondamente e così completamente nell'organismo di Pietro Froment, da doverne seguire un duello spietato nella materia e nello spirito, per tutta la sua esistenza.

Pietro Froment cominciò con l'essere prete, vestendo l'abito nero della rinunzia. Egli è prete, ma di buona e sicura fede: perchè crede e perchè pensa, mosca bianca fra tante mosche nere, che nella religione di Cristo ci sia tutta la speranza, e che nel sacerdote cristiano e cattolico ci sia l'uomo capace di attuare nel mondo il precetto di Cristo: «Amatevi come fratelli!». E il prete in lui è l'apostolo; ma apostolo in cui la fede non ha ucciso ancora la ragione: la mente è vigile, per quanto il cuore creda ancora nel dogma. Questa è una delle parti più interessanti del lavoro veramente gigante dello Zola, come psicologo più che come romanziere. Pietro Froment ha una cugina buona e pia, Maria, che da giovinetta ebbe fulminate le forze fisiche da uno spavento che le paralizzò tutti i centri nervosi e che la inchiodò immobile in una povera carretta, che i parenti pietosamente trascinano per le vie quando vuole uscire di casa. Ella ha sognato che, se suo cugino Pietro Froment la porterà a Lourdes, guarirà. Pietro Froment accondiscende e parte col treno che trascina a Lourdes uno dei tanti soliti pellegrinaggi, accompagnando la cugina. Sul treno egli assiste allo spettacolo lamentoso di tutto l'umano dolore; ma l'uomo di scienza non abdica innanzi all'uomo di fede. Egli osserva e vigila.

Giunto a Lourdes, vede l'acqua della grotta venduta a prezzo quasi maggiore di quello del miglior vino di Bordeaux, come pure i brani del velo della Vergine; e insieme cose piccole e cose grandi che rivoltano e stomacano la sua anima di sincero credente. Egli, sacerdote, si accorge di questa ignobile forma di mercimonio contro cui sente il bisogno di protestare in nome della verità. Ma Maria ha un sogno mistico nella notte precedente al giorno solenne in cui deve farsi la gran processione annuale. La guarigione miracolosa doveva avvenire in quel giorno stesso. A Maria era apparsa in sogno la madre che le aveva detto: «Tu oggi, o mia Maria, guarirai; quando la processione passerà scintillante di stelle sotto la volta del cielo e quando brillerà l'ostensorio del sacerdote innanzi alle migliaia di candele dei credenti! Allora il miracolo si farà e la virtù della Vergine ti renderà sana!» Così l'organismo di Maria si carica di questa specie di elettricità che è la suggestione; e comincia la vita – non morta – a rinascere in lei. Intanto, mentre il miracolo sta per avvenire, la ragione di Pietro Froment non dorme ma investiga; guarda la cugina e ne pregusta e prevede la guarigione, dovuta non al miracolo ma ad un fatto fisico naturale. Quando finalmente passa l'ostensorio, allora la forza mirabile della più energica fede si trasforma in autosuggestione gigantesca e vittoriosa, e produce il suo effetto; la giovinetta si leva, getta le stampelle per aria e grida: «Io sono guarita!». E mentre ella con questo grido si riallaccia alla vita, e la folla grida al miracolo, e i padri della grotta si affaccendano a vendere le piccole bottigliette ed i ritagli di velo, e si stropicciano le mani, gridando al trionfo dell'al di là, la mente di Pietro Froment pensa che non è la forza dell'al di là che ha fatto rivivere Maria, ma la virtù invincibile della vita. Egli pensa che è vero che c'è una vergine miracolosa, che c'è una vergine e madre che ha compiuto il miracolo, che a questo corpo di giovinetta ha ridato la vita. Ma questa vergine non è quella delle sacrestie, ma la grande Natura onnipossente.

La risuscitata torna a Parigi. Con lei ritorna Pietro Froment con un convincimento di più ed una fede di meno; la piega della sua bocca ha un contorcimento di dolore e quasi di nausea e la parola religiosa della madre va perdendo la fiducia di lui; la ragione sta per sopraffare la fede.

E comincia la seconda prova nella seconda città. Roma.

Pietro Froment pensa che è necessario difendere la fede. «Io, dice, sono oramai sacerdote; io sono prete credente e sincero; voglio dimostrare che la religione di Cristo è ancora buona a qualche cosa e scriverò a tal uopo un libro, intitolandolo: La religione novella. È necessario a ciascuno ed a tutti una fede magnanima per il trionfo della vita». Sorretto da questa fede Pietro Froment si domanda nel suo libro: Donde può venire la grande parola rinnovellatrice se non dalla città dei sette colli festanti, se non dalla città eterna attraverso la storia degli uomini, se non dal Vaticano?

Ma il Vaticano aveva mancato alla grande promessa di Cristo. Il suo libro fu dichiarato eretico; quel libro che doveva domandare in nome dell'umanità il realizzarsi del regno della giustizia, che doveva per tutti gli umili ed i sofferenti guadagnare un posto al gran banchetto della vita. Questo libro – aveva pensato Froment – dovrà ricevere il suo battesimo a Roma; da Roma dovrà partire il nuovo verbo! E invece «vada retro Satana!» gli si grida dalle mezze coscienze spaventate. Il libro viene percosso dalla sacra scomunica e messo all'Indice, come succede a tutti i libri dei sacerdoti della verità, si chiamino essi Leone Tolstoi o Emilio Zola.

Froment, maledetto e messo all'indice per la sua Roma nuova, in cui è dimostrato il dissidio fra la religione di Cristo e la religione del Vaticano, riproduce la lotta fra Leone Tolstoi e il Santo Sinodo di Pietroburgo.

Come Tolstoi, Emilio Zola è stata un'anima pugnace nel mondo; – come Tolstoi rappresentava la letteratura che si fa senso morale. Questi due genii rappresentano oggigiorno la più pura espressione della verità che si ribadisce di sacrificî. Il Santo Sinodo in nome della religione ortodossa, o la Congregazione dell'Indice in nome della Infallibilità pontificia inventata da Pio IX, possono bene scagliarsi contro la verità: ma la ragione dominatrice combatterà e vincerà le sue battaglie coraggiose, ed il vero finirà sempre col debellare e sfatare l'assurdo.

Pensa Pietro Froment: La religione nuova che io predico è appunto quella che può salvare la fede! Strana predicazione è la sua! Il Vaticano non ha nè può avere orecchi per la verità, nè per ciò che le si avvicini.

Alcuni, e fra questi Giovanni Bovio, han detto che il libro Roma non è uno studio esatto di ambiente. Può darsi: ma il libro su Roma, più che uno studio della Capitale italiana, religiosa, o politica, vuoi essere lo studio generale e sintetico di ciò che è lo spirito umano in questa epoca nostra di transizione. In Roma c'è infatti la sintesi dei tempi nostri. Ecco perché Pietro Froment scomunicato, dal Vaticano, offre spettacolo di un così straziante conflitto psichico e di tale accasciamento al lettore, ed ecco perchè il libro su Roma si chiude tanto melanconicamente.

Però non è Pietro Froment che perde la battaglia. Chiamato egli ad abiurare il suo libro dinanzi al Papa, è costretto bensì a cedere alle torture morali fattegli subire dal Pontefice; ma assistiamo eziandio ad un significativo e strano fenomeno di trasposizione psichica. Il pontefice esce rimpicciolito dalla vittoria dei suoi dogmi millenari, che fasciano il suo pensiero come le bende fasciavano le mummie dei Faraoni. Il pensiero ribelle di Froment si erge nella stessa sconfitta con una rivendicazione luminosa, come già si levò Galileo sulle meschinità dommatiche dei torturatori trionfanti della sua carne, quando lanciò il grido fatidico: Eppur si muove!

Così si chiude la seconda città, e si apre la terza: Parigi.

Parigi è un crogiuolo di miserie, di lagrime, di fulgori, d'ideali, di lotte gigantesche. In Parigi Pietro Froment si getta con una fede nuova a lavorare, a studiare. Qui egli spera di poter esercitare l'unica ultima fede rimastagli (ed in cui si rifugia pauroso) della sua religione, di esercitare cioè la Carità e la Pietà. Egli aveva cercato d'intorno a sè, nel sacerdozio parigino, un altro prete che credesse nella carità, e l'aveva trovato nell'abate Rose, un'anima semplice e buona, non destinata certo a salire alcun gradino della gerarchia che mena al cardinalato, povero per troppo donare, eppure paziente e dolce come i primi cristiani che avevano circondato il biondo Rabbi di Nazareth. Ma quando questo abate Rose dice a Pietro Froment che tutta la religione di Cristo consiste nel dare, egli, Froment, questo sacerdote della bontà, deve rispondere ancora una volta accenti di ribellione: «Ma quanti lo sanno fare?» Dove troverà questa virtù fra i sacerdoti, suoi commilitoni in veste nera? «Quod superest date pauperibus!» disse Cristo; ma le sante parole son rimaste lettera morta.

Ed ecco che Pietro Froment una sera s'imbatte, visitando una stamberga di Parigi, in un povero morente di fame. Un uomo disteso sopra un po' di paglia col viso annerito, stava immobile, rivolto verso la parete umida. Era il cane umano, il produttore della ricchezza che aveva costruito tante case, tanti castelli e tante ville ed era rimasto senza un cantuccio per morire in pace; e ciò senza che coloro per cui egli aveva lavorato si avvedessero di tanta miseria, o ne sentissero rimorso, essi che abitavano i palazzi senza essersi certo imbrattati mai di calce, senza aver mai messa una pietra su pietra, nè granello di sabbia su granello di sabbia. Froment, alla vista di quell'avanzo d'uomo morente in una topaia privo di ogni soccorso, pensa e dice: «Se la carità cristiana non si rinviene più fra i sacerdoti, può darsi che si trovi ancora nei laici. Non troverò io un'anima pietosa fra tanti, non sacerdoti ma pur sempre cattolici apostolici romani?»: C'è la baronessa Duvillars, così nota nel mondo elegante cristiano; sarà lei la fata benefica! Ma la baronessa Duvillars nè buona né cattiva, è come le foglie, direbbe Giacosa, va dove la porta il vento; la sua anima, in fondo, è indifferente ai mali altrui. Ella possiede troppo, e come può accorgersi di chi non ha che poco o nulla?

La distruzione intanto passa sul suo palazzo baronale con la bomba che l'anarchico Salvat fa esplodere nell'atrio, dove sventuratamente non riesce che a squarciare il ventre d'una figlia proletaria. Ma la Duvillars non sapeva o aveva dimenticato l'odio che nasce dalla miseria; e, in mezzo all'oro vero o falso della opulenza, amava darsi l'aria di caritatevole. Perciò Pietro Froment va da lei, non con la bomba, minacciosamente o tragicamente, ma con la dolcezza e la persuasione; e in nome della fede in cui pur essa crede, le dice: «Vengo a raccomandarvi un povero muratore vecchio, senza pane, senza letto, senza fuoco e senza nulla di ciò che più gli è necessario». «C'è il ricovero di mendicità!» gli si risponde. «Fatelo rinchiudere là dentro, allora; ma subito!». La baronessa che fa parte del comitato del ricovero, promette; ma poi aggiunge: «Manterrò la promessa; bisogna però convocare prima il Consiglio d'Amministrazione, aspettare il turno, seguire le norme burocratiche. La burocrazia, diamine esiste per qualche cosa!» «Ma quell'uomo muore di fame, è necessario passar sopra alle formole!». Fiato sprecato! L'arida lettera della legge (oh, quante scelleraggini non si commettono in suo nome!), le formalità giuridiche, le regole gerarchiche hanno le loro esigenze: – la baronessa non cede. Eppoi, c'è una passeggiata quel giorno ai Campi Elisi; la baronessa deve andare alla passeggiata, e non può perder tempo. Intanto la bestia umana muore. La mattina seguente c'è un pranzo di gala; e la sera appresso la première d'una rappresentazione a cui la baronessa deve assistere per mostrare le opulenti sue nudità. Il vecchio lavoratore può languire ancora un po' e aspettare ch'ella abbia tempo di pensare alla beneficenza. Per bacco! a morire c'è sempre tempo...

Ma finalmente l'ordine è trasmesso di accogliere il vecchio nell'ospizio dei pezzenti; Froment ne è contento e, sicuro di questo permesso, va per metterlo in esecuzione. Corre a Montmartre, sale nella topaia, scuote il disgraziato, lo chiama.... Invano! La carità cristiana e borghese è arrivata troppo tardi, prevenuta, preceduta dalla morte!

Allora, il sacerdote della giustizia, della verità, dell'amore si ribella in Pietro Froment. È la stessa voce della madre che parla nella sua carne e nella sua mente, e suona dolcissima nel suo cuore. Essa gli dice: «Io fui religiosa per la carità buona! Ma se da la fede cristiana anche la carità è bandita e non

le rimane che la morte, allora, o sacerdote, o figlio mio, che io procreai per la vita, lanciati nella vita!».
Ed ecco cessa il dissidio tra la forza della ragione e la forza della fede, e l'una si sposa all'altra. Pietro
Froment, l'uomo moderno, non segue più la regola del convento, e dinanzi a Parigi seminata d'oro e
di luce, mentre la miseria geme in basso, gitta la bruna tonaca ed abbracciando finalmente, rotti gli
indugi, la fanciulla che ama, Maria, le dice: «Noi siamo nati per la vita e vivremo per amarci: ed in
Parigi, dove fremono dolori e miserie, noi saremo il padre e la madre degli umani evangelisti della
città nuova di fecondità, di lavoro, di verità e di giustizia!».

Così si chiude la serie delle Tre città e comincia quella dei Quattro Evangeli.

Il primo libro parla di Matteo, il credente nella Fecondità.

«Perchè procreate tanto, plebei senza cervello?» grida la scienza reazionaria per bocca di Malthus.
Ed essi rispondono: «Perché per noi oggi non c'è altra gioia che l'amplesso d'amore, sia pure stanco
dopo una lunga giornata di fatica, per confortarci!», in tal modo queste sacre falangi del lavoro
vilipeso, del lavoro non premiato con la ricchezza, queste moltitudini che si fanno il numero, che
hanno il diritto e la forza, queste moltitudini che si fanno sempre più gagliarde di coscienza,
dimostrano che il crescite et multiplicamini non è ancora consiglio da disprezzarsi, parola di
vilipendere; dacchè in essa c'è l'affermazione del dovere sociale, della procreazione, a cui i sacerdoti
insultano, giurando astinenza, pur meditando, nel confessionale e nelle alcove secrete della donna
altrui, lo spergiuro dei degenerati.

Matteo, il padre simbolico della umanità povera e dolorosa che non può procacciarsi tutti i giorni il
pane per sfamarsi, sa bene che l'avvenire è della fremente coscienza delle moltitudini, avvenire in cui
il pane sarà per tutte le bocche un diritto imprescrittibile. E tale fiducia e speranza nell'opera
rivoluzionaria delle moltitudini lo fa essere il credente e l'evangelista della Fecondità.

Dopo di Matteo, viene Luca, il credente e l'evangelista del Lavoro. Come la fecondità è un bisogno
imprescrittibile ed un dovere umano che rappresenta l'eternarsi della specie, ha bisogno di lui per
nudrirsi e progredire sino a raggiungere i più alti destini dell'umanità. È necessario che la società
lavori, anche e soprattutto quando il lavoro non dia più a chi lo fa un risultato negativo, e non sia più
conculcazione e miseria per gli operosi e ricchezza per i fannulloni. Il lavoro è un bisogno per lo
stesso organismo che dall'attività propria trae la ragione e il mezzo di vivere. Che cosa è la materia
attraverso il tempo, se non un meraviglioso lavoro? E un inno al lavoro, l'inno che cantano le cose e
la materia eterna, scaturiva da tutta l'attività di Luca Froment. Il quale in opposizione allo sfruttamento
ed alla tirannide più esosa crea la sua Città del Sole come avrebbe detto Tommaso Campanella – il
tempio della giustizia.

Ma contro lui la vecchia città si erge minacciosa; giacchè è necessario che il sacerdote del vero espii
il gran peccato di amore, il peccato di aver detto troppo alta la propria fede. È necessario che contro
lui si levi la calunnia, il crucifige; e lo si dica eretico, pazzo, sobillatore, seminatore di odio, nemico
di tutte le cose sante!

Così anche a Luca Froment tocca il Calvario. Ma a chi non è toccato il Calvario, fra coloro che si
sono fatti sacerdoti della verità disinteressata? Luca Froment in questo suo atteggiamento ribelle
ricorda un altro eroe, creazione della letteratura nordica, il Nemico del popolo di Ibsen: il dott.
Stockmann, fratello gemello di Luca Froment, cui tanto s'assomiglia.

Il dott. Stockmann, cittadino di una piccola città, da scienziato coscienzioso, accortosi che le acque che smuovono un mulino del luogo, sono inquinate, lo dice a suo fratello, che è sindaco; questi non ascolta il dott. Stockmann, il quale sostiene che bisognerebbe distruggere la cattiva sorgente.

Il sindaco lo accusa di voler rovinare la città, e non gli dà retta; e tutti i cittadini dànno torto e si scagliano addosso a Stockmann, che finisce quasi col perdere la testa.

Pure non si dà per vinto. Nell'interesse della salute pubblica egli convoca un comizio popolare e dice la grande verità, che urta gl'interessi bottegai di molti cittadini, dal sindaco suo fratello sino alla propria moglie.

Ciò gli scatena contro la sollevazione generale, viene vilipeso e chiamato nemico del popolo, e un turbine di ira l'accompagna a casa, con urli e con colpi di pietre. E che cosa fa il dott. Stockmann, pigliando in mano una pietra scagliatagli attraverso la finestra e cadutagli innanzi a piedi? «Vieni con me, – egli dice – o muta e povera testimone dell'imbecillità collettiva!». E se ne va.

Non diversamente Luca Froment. Lo ricordate per la via del Calvario, quando la stessa plebe a cui aveva consacrato l'anima sua gli si rivolta contro e l'accompagna a urli e sassate? Egli ascende per il monte aspro rimanendo tranquillo: e la moltitudine, stretta parente di quella che osannò a Cristo a Gerusalemme e poi disse a Ponzio Pilato: «Crucifige», gli grida: Tu ci hai sollevato contro l'odio dei potenti! E gli lancia contro vituperii e pietre, e c'è perfino chi, novello Caino e Giuda, gli sputa in viso proprio mentre il piede del gigante tocca la cima della montagna.

Il dott. Stockmann e Luca Froment, sono gli immaginarî personaggi della produzione artistica; ma Emilio Zola è invece il «personaggio» vissuto che li ha impersonati nella vita reale.

Tutte le torture piene d'eroismo, dell'uomo che si sacrifica per la sua idea, sono in «Verità», il libro che è storia, più che romanzo, storia di lui oltre che di un epico episodio della lotta moderna per la giustizia sociale.

Egli non potè scriverlo il libro della «Giustizia». Ma se l'avesse potuto, la sua mente ormai evoluta e arditamente libertaria chi sa che cosa ci avrebbe dato! Ebbene, quest'uomo che le mezze coscienze e le Cassandre – fortunatamente non ascoltate – dicono essere morto proprio quando si accingeva a scrivere il suo quarto «Evangelo», quasi per espiare, la pena della sua audacia, quest'uomo non ha scritto, è vero, la «Giustizia» come romanzo, ma l'ha scritto con l'azione, negli ultimi anni di sua vita, col miglior sangue del suo cuore, durante il drammatico affare Dreyfus.

Egli aveva bollato tutte le figure losche e fosche della nostra società, aveva segnato d'infamia tutti i generali invincibili nell'arte di perdere tutte le battaglie, aveva flagellato i bancarottieri, gli Scribi ed i Farisei; aveva preso tutti i criminali ed i parassiti nel palazzo e nella capanna, e li aveva inchiodati alla gogna della sua opera grande. Egli li aveva afferrati bene e li aveva plasmati tutti secondo la verità. Ed era naturale che tutti se ne dovessero ricordare al momento propizio. Triste per lui, allora, quando passò per la Francia quella tempesta di passioni che fu l'Affare Dreyfus! Questo «affare» non era altro e non aveva altro scopo che la conquista della banca israelitica da parte dei cattolici. Era necessario gridare addosso agli ebrei e far pesare su essi la leggenda dei traditori; ed era necessario scegliere appunto in mezzo a loro un capro espiatorio. Ecco come il povero Dreyfus fu portato dinanzi ai tribunali militari, con frase felice chiamati dal nostro Imbriani «tribunaligiberna»; e da questi fu condannato, benchè innocente.

Emilio Zola, che aveva vista e sentita bella la vita, che tale l'aveva profetizzata attraverso i gironi danteschi del ciclo dei RougonMacquart e delle Tre città e che l'aveva ricostruita magnifica nel Lavoro e nella Fecondità, era necessario che dovesse concludere l'opera sua con un'ultima sua giornata, con l'opera epica dell'azione di cittadino, più fulgida ancora della sua opera letteraria.

Egli allora prese questo povero capitanuccio ebreo come bandiera, come prova, come documento umano della incivile sopraffazione d'ogni diritto da parte dei parassiti in veste nera e di quelli dai galloni d'argento e d'oro.

Poichè era stata appunto una coalizione fra il Clericalume ed il Militarismo che aveva voluto perdere Dreyfus. Tutto l'alto brigantaggio organizzato di Francia aveva voluto condannare l'innocente pel proprio interesse di casta. Emilio Zola vide in quel momento emigrare dal mondo la giustizia vera; ed allora, in nome dei tanti umili conculcati, domandò per la innocenza non pietà, ma giustizia e disse e condannò: Io accuso i potenti!

Ma essi ti travolgeranno; gli si rispose. – Io accuso! ei replicò. «Ma le stesse moltitudini ti copriranno d'odio». – «Io lotto non per conquistarmi il favore dei popoli, ma per conquistare ai popoli la giustizia; quindi accuso gli oppressori, accuso i conculcatori, accuso gli sfruttatori!». No, certo non era stata tanto bella e tanto grande l'opera letteraria di Emilio Zola, quanto grande e bella rifulse la sua opera civile nel giorno in cui, riaffermando la sua requisitoria innanzi alla Corte d'Assise, fu condannato per aver difeso la giustizia, e vide a maggior suo onore così, come si dice nel linguaggio dei legulei, macchiata la sua fedina penale. In quel giorno fu scritto il libro della Giustizia. Chi può pensare diversamente?

Allora Galileo e Cristo parlarono in lui e in lui si maturava la storia.

Ai derelitti in nome della grande resurrezione della vita, dall'inferno dei patimenti e dei triboli, egli disse la promessa di amore e insieme la minaccia delle ire giustiziere e vendicatrici; allora dalle sue labbra uscì la grande parola di giustizia, ed egli apparve più alto di tutti i pennacchi di coloro che avevano dovuto condannare Dreyfus.

Emilio Zola rappresenta di fronte alla modernità la grande anima del genere umano. Esponendosi alle violenze dell'odio cieco e brutale delle moltitudini, mentre amava la propria patria desiderandola amica di tutte le altre patrie, non voleva che nella sua terra si divulgasse la stupida, feroce e vigliacca leggenda sulla inferiorità e criminalità degli ebrei; e assurgeva così a un concetto generale di giustizia, di pace, di amore per tutti.

«Fratelli nel bisogno della verità, è in nome vostro che io accuso tutti coloro che in diversa forma possono rappresentare il trionfo della prepotenza. Contro ogni prepotenza io mi ribello e la accuso come artista, come pensatore, come cittadino del mondo!».

Ed è in questo atletico atteggiamento che l'eroe è morto per un accidente volgare.

Il compianto universale per la morte di lui non fu cagionato da un solo speciale atteggiamento della sua personalità; ma da tutte insieme le sue opere. Non la sola voce del romanziere, nè quella del poeta e neppure soltanto la voce incisiva dell'accusatore, ma la grande voce delle molte cose che egli intese, giunge alla mente ed al cuore nostro; è la voce degli infiniti dolori che seppe raccogliere; è l'urto tragico dei miserabili, che rese in una maniera più vera di quel che non seppe fare il più grande cittadino dei nostri tempi, Victor Hugo; perchè Zola seppe spiegare la grande bandiera dei soldati della vita, la grande bandiera della Francia e della umanità, e su quella bandiera seppe scrivere le memorande parole che si ripercossero dovunque:

LA VERITÀ È IN CAMMINO, E NESSUNO LA POTRÀ MAI ARRESTARE!

Rosignano Marittimo, novembre 1902.

PER P. B. SHELLEY

Una sera Irving, il possente attore tragico inglese, diceva nel saloon rate del «Campania» navigante a tutto vapore da NewYork a Liverpool, alcuni versi, nell'idioma di Shakespeare, sgorgati dall'immenso cor di poeta, che voi volete commemorare,

Attorno al colossale steamer, appena ondulato dal rollio e dal beccheggio su marosi enormi, urlava una di quelle tempeste nordiche, che par soffino con raffiche gelide fin giù negli abissi dell'anima e i versi del poeta cantavano i furori solenni e le bontà dell'oceano.

Da quella sera (sera di esilii lontani) nessuna voce di poeta risuonò ai miei orecchi più consapevole delle tempeste e delle bonaccie marine nei combattimenti e nelle idealità umane più lucenti, di cotesto sprazzo d'anima oceanica, che nell'anima del mare volle riconfondersi fin con le ceneri.

Dal lido austero e soave, donde Byron le sparse ai venti, voi udrete la canzone eterna di cotesto nume indigete di tutte le spiaggie, nell'alito sempiterno del gigante azzurro, che a Lui fu padre e carnefice.

Mito prodigioso e gentile della vita, che palpita di forme nuove e vittoriose nella morte, la quale non è per Lui che un ritorno al gran Tutto.

Simile altezza merita altra eloquenza della mia.

Pure grato all'invito cortese, unirò la mia modesta parola a quelle ben più degne del Vate e della civile solennità d'arte e di pensiero, di cui egli è araldo e simbolo.

Rosignano, settembre 1903.

AI CONVENUTI AL CONGRESSO ANARCHICO IN ROMA

Se il ferro chirurgico non avesse di questi giorni lacerato le mie carni – risponderei di presenza al vostro appello; non fosse che per restarmene silenzioso, come i medici mi prescrivono, a rinvicita de' fieri colpi recenti, ed a riscatto del mio lungo delitto di parola.

Tanto meglio dunque, se a codesto convegno (e che sia di proletari, prima che di libertari) ci sarà un avvocato di meno.

Ma ciò che di meglio vibra ancora in questo mio organismo, tribolato dalle malignità della natura, peggio ormai che da quelle degli uomini – ciò che in me sopravvive alle sconfitte del male e della sventura – no, quello non può, non vuole restarsene a casa, mentre voi tra il Quirinale ed il Vaticano volete affermare, rivendicare per l'idea delle libertà supreme il diritto alla vita, al sole, all'ampia discussione feconda, che fa abbassare, i coltelli, ed innalzare le fiaccole illuminatrici della ragione, questa grande fiammata intellettuale, che incenerirà le ultime Bastiglie regie, papali e borghesi guidando le folle alle riscosse estreme da ogni servitù, da ogni supremazia.

La mia assenza fisica non è che una prigionia di più –ma il mio cuore batte col vostro, con un ritmo assai più valido degli ordini del giorno (se ve ne saranno), con una fraternità, che vince ogni ostilità di tendenze ed ogni conflitto di metodi.

Tanto peggio per coloro che vollero restare assenti di persona e di spirito; che non intesero la semplice e forte affermazione storica del vostro convenire in aperta luce (dopo la tenebrosa leggenda, che ci seguì dovunque) nè intuirono la modesta grandezza del vostro ragionare, nel cospetto dell'Urbe, senza tutela di numi, senza violenza di maggioranze.

Parrà ai trogloditi della politica un'assemblea della chimera, una accademia dell'assurdo.

Eppure voi, se sarete capaci d'infuturarvi spiritualmente, scriverete una pagina viva d'avvenire sociale. Ed i veggenti vi leggeranno la realtà d'una utopia morale: quella, dei rapporti umani liberi alfine da sanzioni e da comandi.

Edificate, compagni, questo frammento ideale e della storia, che sarà.

Io stringo le vostre mani di demolitori e ricostruttori di civiltà, con la nostalgia dell'operaio, che vede la gioconda ed augusta fatica dei fratelli, da un suo letto di dolore.

Rosignano Marittimo, 10 Giugno 1907.

I DELINQUENTI DELL'ORDINE

Ancora del sangue!... Qualche oncia di piombo di meno nella giberna dell'uccisore, qualche macchia di più sui gloriosi lastrici e sul nome d'Italia. Eppoi un gran battagliare di frasi, ed un tumulto epico di ordini del giorno... Più tardi, quando le inclite pance torneranno più capaci e rapaci dalle blande acque di Karlsbad o da quelle eroiche di Montecatini, quando scenderanno dai faticosi ozi dei monti, o risaliranno dalle stimolatrici d'ogni complicato appetito crociere estive sui mari e converseranno di nuovo le oligarchie della banca e della politica ai concilii supremi dell'una o dell'altra fraude – i portavoce degli indignation's meetings svolgeranno interrogazioni ed interpellanze di ben maturato sdegno su questa inquietante epidemia di pallottole erranti, nella sua diffusione la teppa azzurra ha vinto ogni record sulla teppa grigia; le loro eccellenze dell'interno e della così detta giustizia accerteranno che dalle inchieste (ormai la prosa dell'una può servire alla manipolazione di tutte le altre) è resultato che gli agenti della forza pubblica hanno sparato per difendersi – ricordo un negro Messicano, assaltatore di strada ed assassino, che all'accusa di avere ucciso un viandante dopo averlo depredato rispondeva che lo aveva fatto... per difendersi – gli onorevoli interpellanti si dichiareranno tra i grugniti delle bande conservatrici, non soddisfatti. E tutto sarà finito.

E tu, o ventenne di Palermo, cui tra qualche giorno non vi sarà che una madre tapina a ricordare ed a piangere, puoi accontentarti dei pochi fiori che la folla dolente sparse sul tuo sangue raggrumato – e tu, o lavoratore non anche quadrilustre, che nella cara città dal golfo meraviglioso procombesti ai colpi, i quali furono come il rimbombo solidalmente fraticida delle fucilate di laggiù, riposa quieto giacchè le sublimi indifferenze dei tutori della sicurtà pubblica, ebbero dal presago urlo de' tuoi il nome da dare alla tua fossa vermiglia – e voi, prodi cacciatori d'uomini, cuopritevi gli spruzzi di quel povero sangue sul vostro petto col nastro di qualche decorazione al valore della guerra... civile che gli ottimati d'Italia decreteranno al vostro romano disprezzo della vita... altrui.

* * *

Io non scrivo per odio speciale al poliziotto, vesta egli l'una o l'altra assisa, sia azzimato delegatino di carriera, od inconscio soldato fattosi fucilatore dei fratelli in blouse, per quella deformazione etica dovuta alla disciplina militare o per quello scatto di psicosi collettiva, che fa lanciare il sasso contundente (dagli otto ai quindici giorni di più o meno autentica malattia) alle moltitudini esasperate, o fa scattare il grilletto più o meno omicida alla milizie dell'ordine statario.

Per quante vessazioni, tra idiote ed infami abbia architettato contro di me la zelanteria questurina – il mio spirito d'osservatore e di studioso ha potuto conservare quella imperturbabilità critica, ch'è precipuo virtù del positivismo, e che sola può suggerire un equo giudizio.

Aggiungerò anzi, che cotesta forma di delinquenza che si scatena dalla presunzione d'onestà e dalla certezza d'impunità d'ogni atto, prestato necessario alla conservazione di quella tal cosa che fu convenuto chiamare ordine – la delinquenza monturata od in qualsiasi altro modo ufficiale, che semina la morte e lo scompiglio, come una sua specialissima funzione, durante tutte le grandi commozioni pubbliche, le quali sono il polso della vita robusta d'un popolo – la delinquenza infine, che per larvare di legalità gli arbitri, le violenze, le inutili brutalità commesse su gente quasi sempre inerme, fabbrica verbali menzogneri, manipola testimonianze false, corona in un agguato giudiziario la sua prepotenza di piazza, con assassini morali talvolta più disastrosi degli stessi colpi di rivoltella o di carabina; cotesta delinquenza, temuta da tutti, spregiata in segreto da molti, ma incoraggiata agli eccessi dalla prospettiva di tolleranza o dallo stimolo di premio, io la proseguo di quella commiserazione profonda, che suscita in me ogni manifestazione di infermità o di mostruosità morale, salvandomi persino dal ribrezzo che afferra i più coraggiosi, che s'affacciano sopra un abisso.

* * *

Ma la tanto blaterata difesa sociale contro le forme comuni della criminalità, che giunge sino alle inumazioni di viventi nelle bolgie del cellulare – la reclamiamo noi contro questo spaventoso malandrinaggio stipendiato (sia pure con salari di fame) ed armato ad ogni più forsennata impresa contro la incolumità dei cittadini, di tutti i cittadini.

E cotesta difesa noi non la invochiamo (ai partiti autoriari simili ingenuità) nè dai poteri dello Stato, nè dai comizi di partiti.

La rivendichiamo dalla dignità della coscienza pubblica, dalla fierezza dell'azione popolare – intese queste espressioni nel loro significato più concreto e fattivo. Sia un apostolato di madri, trepidanti che il buon sangue pulsante nei corpi adorati della figliolanza innocente rosseggi sopra un selciato prossimo sopra una zolla lontana... Sia una resistenza grandiosa e civile di padri e di fratelli, di tutti i padri e di tutti i fratelli, stretti in difesa virile, questa volta non intorno egli stendardi di parte, ma alla più grande e preziosa delle ricchezze sociali, il più sacro dei diritti naturali: la vita umana.

Castiglioncello, 5 agosto 1907.

Caro Binazzi,

tu sai che da tre anni ormai son tra le catene d'un tiranno crudele e cieco, il quale troppe volte non concede che la amnistia della morte.

Ma voi, amici, che lavorate per la vita, voi lottate, o compagni, per la integrale vita degli uomini, inalberata come uno stendardo dalle mani invitte delle moltitudini trasfigurantisi al bagliore d'una idea semplice ed augusta di benessere e di libertà.

Ed assurge a significazione storica e simbolica cotesto convegno di liberi e di liberatori, in questo momento, nel quale sull'esecrato, nostro manipolo si scatena con tanto veleno di calunnie e di contumelie la serpentaglia gazzettiera, ed il variopinto maggiorascato, dei patrigni politici ripete alle turbe le sue idiote variazioni sulla teppa ed i suoi pretesi meneurs, mentre più d'un capo gregge, che parve a tutt'ieri nostro fratello... uterino, cretineggia tra le laudi dei ben pensanti e le energie... ruminatrici della mandra.

Ma se il corpo, come più volte d'altre violenze prigioniero, rimane lunge da voi – mette ali veloci il pensiero, e su voi si libra, e freme nelle vostre discussioni ardenti, le quali gravitano ad una armonia gagliarda, a traverso il cozzo de le volontà.

Due urgenti risoluzioni s'impongono alle vostre vigili coscienze nella attuale sonnacchiosa ora italiana: Qualche cosa più d'un soccorso verbale alla Russia rivoluzionaria, ed un numero di più, d'iniziativa esclusivamente popolare, nel programma dei festeggiamenti progettati, per la sua venuta in Italia, al papa, vermiglio di tutte le forche e di tutte le ortodossie.

Una azione energica e concorde tra i libertari di tutte le scuole con un appello agli onesti di tutti i partiti, per richiamare al pudore la magistratura Milanese, che nelle malandrinesche persecuzioni contro la Protesta Umana, si è messa fuori d'ogni sua legge e d'ogni elementare principio di civiltà.

L'una e l'altra risoluzione rispondono allo stesso principio animatore: la solidarietà di tutti gli animi liberi contro il dispotismo, sia nazionale che d'oltre frontiera, tanto se esso è perpetato dai massacratori dell'autocrazia, che da una aguzzinesca menzogna costituzionale.

Ed ai militi della vecchia guardia, i quali portano tra voi con la canizie di Maestri, e con la saggezza di precorritori, il grido e l'anelito, in altri idiomi, degli stessi dolori e delle medesime idealità, venga il saluto fervente del compagno d'arme e dell'esilio, col giovanile entusiasmo delle prime lotte, che furono l'alba ideale delle moderne riscosse per la conquista del pane, nel senso complesso della espressione.

Tra voi, della vecchia e giovine guardia – nella fierezza dei ricordi e nell'impeto delle speranze, io vedo – come un tempo al di là delle inferriate, così da questo domicilio ove son coatto del male – vedo la fiammata che divampa, più che dalle vostre parole, dai nostri propositi, atta ad incendiare non solo la fracida impalcatura sociale d'ingiustizie e di contraddizioni onde tutti soffriamo, ma ben anche ad incenerire in noi e tra noi tutti i detriti di cinismo e di viltà, che il passato ci lasciò in retaggio, ed il presente ci avvince come ceppo ai polsi.

Fraternamente

PIETRO GORI

Rosignano Marittimo, 10 aprile 1908.

IL FASCIO DEI LIBERI

Al Convegno libertario di Follonica.

Compagni,

i promotori di cotesta riunione m'invitarono a venire tra voi – dovessi pure rimanervi silenzioso. Preferisco – giacchè il muovermi anche mi è vietato – unire qualche mio pensiero ai vostri pensieri.

È questo che giova, anche se il frale corpo è assente. Ed il pensiero, quando i fatti e le esperienze solo lo muovono, è sobrio e conciso.

Nessuna pretesa in me di tracciarvi suggerimenti, nè di additarvi la via. Voi l'avete scelta. E la mia parola non viene tra voi, che evocatrice dei ricordi comuni di lotta, con quelli tra voi a cui gli anni dell'ansie e delle sconfitte non scemarono il giovanile entusiasmo – e si mesce, ringiovanendo, alle irrequiete baldanze dei lavoratori ventenni che accorsero volontari alla chiamata grande dei senza frontiera anche prima d'essere soldati di ristretti confini.

Dovrò ridirvi adunque ciò che penso ormai da ventidue anni di esperienza e di osservazioni, irrobustite al cimento delle grandi e piccole lezioni della vita, intensamente vissuta nelle sue gioie e nei suoi dolori – dovrò riferirvi ancora una volta le mie conclusioni di studioso e di combattente, ingigantite al contatto delle masse operaie, questo possente fattore della società moderna, squassata dalla laboriosa gestazione del domani?

Voi avete la fortuna d'essere lavoratori dalla netta e diritta visione, ed io ho la sorte di non amare i lambiccati e tortuosi discorsi. Ed avete anche la soddisfazione d'essere costà convenuti, sotto la spinta d'una comune convinzione, la quale ormai trionfa in tutti i problemi della operosità umana: che lo sforzo associato quando armonizzi in un fine unico e sia effetto di meditata concordia, dà un prodotto maggiore di quello delle singole forze, semplicemente sommate insieme.

Vecchia nozione, è vero; appunto di quelle, che malgrado i lenocini di una non meno vecchia, per quanto riverniciata egosofia, resta tra le verità indistruttibili del mondo fisico. Chi è che non vuol riconoscere la esattezza di codesto teorema, applicato ai fenomeni del mondo sociale? Solamente colui, che inebriato dalla sua illusione antropocentrica, sogna tutta una palingenesi, sotto la semplice pressione della sua volontà.

Ma non ci lasciamo noi pure travolgere, come costoro, dal rimbombo delle grosse parole, e restiamo fedeli alle concezioni limpide e forti. Poichè è ancora quella la nostra magnifica certezza: la certezza che bandimmo alle folle, e sostenemmo, con alta fronte, pur di tra le sbarre infami: che se l'associazione è suprema legge biologica e sociologica di sviluppo e d'innalzamento a forme superiori di vita – l'associazione umana ideale è quella che sviluppa il suo progredire infinito, senza coazione esterna di leggi o di capi.

L'ordine sociale nelle aggruppazioni umane, liberamente alleate per gli svariati fini della vita e della civiltà, non sarà altrimenti che una federazione internazionale di enti produttori e consumatori in mutua e spontanea dipendenza tra loro senza accentramenti autoritari. Cotesta è l'anarchia, a cui condurrà fatalmente l'esaurirsi dei due grandi cicli, Capitalistico e Statario – l'anarchia, pauroso fantasma per la servile maggioranza inconscia, plaga felice, nella vita e nello spazio della piccola Terra, verso la quale muovono tutte le più alte e pure correnti della sua storia.

Malcauti coloro, che preannunziandola e per lei combattendo, sostengono che l'ordine e la libertà integrale non sono compatibili in una organizzazione; concedendo così agli avversari, che non è possibile un ordinamento sociale senza autorità.

E l'errore consiste nel non distinguere la organizzazione autoritaria dalla organizzazione libertaria: e nel dimenticare, che non è certo nella dissociazione universale, che la libertà dell'individuo potrebbe svilupparsi col rispetto e nel rispetto dell'altrui libertà.

E come oseremmo asserire, che sarà attuabile un giorno l'ordine senza autorità nelle molteplici e svariate aggruppazioni etniche che vanno dalla nazione alla razza – in una pacificazione federante tutte le razze – se avessimo paura di perdere le nostre iniziative e la nostra indipendenza mentale con lo stringerci in semplici vincoli di solidarietà e di metodico lavoro con uomini che professano le nostre medesime idee?

Siamo o no capaci di profilare, in mezzo alle strutture autoritarie attuali, dallo Stato ai partiti gerarchici, un embrione – sia pure sulla semplice piattaforma della propaganda e della lotta – di quello che potrà esser domani la società libertaria?

Quelli che crederanno far di più e di meglio restando fuori, ove si manifestino dissidenti sereni e leali, potranno similmente rendersi utili al movimento per altre vie: e sarà così dimostrato sempre più che l'anarchismo, pur nella splendida unità della concezione non ha uniformità di metodi nè rigidità di dogmi.

Il tempo dei mutui anatemi dovrebbe essere cessato definitivamente per chi non crede in alcuna infallibilità spirituale.

È così vasto l'agone e così svariata la necessità dell'attacco, che c'è posto per tutte le energie e scelta per tutte le attitudini.

Serrate dunque le file, compagni; giacchè intendeste tutta la virtù emancipatrice del libero patto nella schiera in cui ognuno sarà milite e capitano a se stesso, e si farà dei commilitoni cooperatore fidente, senza alterigie e senza abdicazioni.

Formate la libera catena dei pensieri e dei sentimenti, dei propositi e degli atti rivendicatori, tra casa e casa, ove il lavoro appende le sue armi lucenti e mansuete – tra borgata e borgata, tra paese e paese, e i lavoratori della terra abbiano sentito la parentela ideale con quelli dell'officina. Ovunque troverete solco fecondo per la vostra sementa.

Scolte vigili, che nulla chiedono alle plebi tormentate, se non di combattere con loro e per loro – il vostro passaggio sarà salutato come quello della colonna antesignana, in marcia verso il giustiziere avvenire; e la gente che suda, e cammina essa pure verso le albe sospirate, lungo questa nostra Maremma pensosa ed austera, intenderà il significato di questo vostro adunarvi, di codesto battito collettivo dei vostri cuori, ben più eloquente delle vostre parole.

Alle vostre mani, che si cercarono e si strinsero nel generoso patto affrancatore del vostro e dell'altrui diritto, unisco la mia destra, fraternamente.

Rosignano Marittimo, 24 Aprile 1908.

PIETRO GORI

PER UN MONUMENTO...

CHE NON SI FARÀ

Riprendiamo dunque il discorso . Giacchè Mario Foresi, lo scrittore arguto e gentile riattacca l'argomento, coi ritmi marziali ed imperialisti della vieille garde...

Un abusato motivo, al di qua del canale, incontrò fortuna financo nei rigagnoli più opposti della politica locale.

Il leitmotif, che il Foresi pure accenna con le sordine, dice in sostanza: Napoleone sconfitto e relegato nell'isola d'Elba dai potenti d'Europa, rese celebre il nome dell'umile scoglio; per conseguenza gli Elbani del secolo XX devono... a lui un monumento.

Se l'esservi egli stato per forza è cosa degna di statua, il merito ed il monumento spettano ai prefati potenti.

Ma l'argomento parve sì... bronzeo sin da principio, che la statua, in quella tal maniera plasmata, sta maturando per volere di Turillo Sindoni e della redazione di un qualche... rospo volante locale. Gli isolani non dovran durare altra fatica che quella di versare le parecchie diecine di migliaia di lire occorrenti a far sorgere la considetta mole Sindoniana, ove si inalzava il capolavoro di Benvenuto Cellini. Un quesito: con la faccia rivolta alla chiesa od alla prospiciente... pagoda?

Almeno Mario Foresi, oltre ad esigere severe le misure degli Elbani prima di accettare la esibizione di cotesta creta, che si vuol vantare opera d'arte, ha ben altra lealtà.

Egli affronta nettamente il problema storico ed etico, con premesse e conclusioni, che noi combatteremo con la stessa franchezza da lui posta nel dettarle. Sente bene il bisogno il valido scrittore di rivendicare la complessa figura del Condottiero dalla letteratura pettegola, che notomizzò la sua veste da camera, per constatare le inevitabili debolezze e contradizioni dell'uomo; e da tale rivendicazione egli deriva la opportunità di rievocare la sua figura fisica e morale nella gloria del bronzo o del marmo. Ancora una volta: fu vera gloria la sua?

Il cristianissimo poeta, pur sotto il fascino della balenante epopea, che si chiudeva nella triste arsura di Santa Elena con la morte del vinto imperatore – imperatore nel senso più fieramente latino della parola – non esitò a porre dubitativa ai posteri la sentenza, su quello e su questo.

E tra i due poli estremi, da quelli che al par di Leon Tolstoi negano a Napoleone financo il genio militare, a quelli che come Mario Foresi gli attribuiscono persino il merito di avere, sia pure indirettamente, contribuito all'unità Italiana, col formare, quello spirito pubblico patriottico e marziale, che egli alitò su tutta la terra – stanno gli imparziali, che a distanza di un secolo possono equamente giudicarlo, appunto perchè lontani dalle passioni del suo tempo: ed anche astraendo dalle idee dominanti della civiltà contemporanea. Non v'è dubbio che la potenza del suo intelletto culminò nelle arti dirette alla conquista ed alla dominazione.

Romano contro Roma egli vagheggiò la egemonia Francese nell'impero del mondo, quando Diderot aveva già parlato ai secoli non anche nati, e Babeuf aveva reclinato sotto la ghigliottina la testa aureolata da un grande sogno di giustizia.

Chi lo nega? Sui gonfaloni del primo Console radiava tuttavia la dichiarazione dei diritti; la gigantesca fiammata Gallica, che incenerì il vecchio regime, aveva acceso nell'anima umana un immenso bagliore aurorale, ed i prodigi dei sansculots, sgominando l'Europa feudale, avean visto inchinarsi al cominciamento della novella istoria la sovrana fronte di Volfango Goethe. E l'eroe d'Austerlitz che aveva scosso il torpore d'una società morente con le folgori dell'uragano plebeo, ormai guidate dall'aquila rapace, galoppava sul fronte delle corrusche legioni verso un suo delirio d'asservimento dei popoli alle cupidigie della sua famiglia, ed agli orgogli della sua stirpe.

Questo è purtroppo inesplicabile: che la voragine rivoluzionaria, la quale inabissò i miti ed i violenti, e vide fin sul petto irsuto di Marat balenar la lama di Carlotta Corday, lasciasse poi stemperare nei crepuscoli di termidoro il pugnale di Bruto.

Vero: se Napoleone fosse caduto allo zenith della sua parabola, come Giulio Cesare, la contesa sulle sue responsabilità storiche sarebbe assai meno aspra; perchè i suoi idi di Marzo avrebbero tolto ai regi lupi, che avean tremato al ruggito del leone, ogni pretesto a decretare con la sua prigionia, la prigionia dell'evo e dei principii, da cui egli era serto a battaglia.

Agli occhi dello storico imparziale il Còrso tragico non è che l'epilogo fatale del dramma ingenuo dell'89 e di quello epilettiforme del '93.

Innanzi a quelli dell'antropologo e del filosofo positivista quel piccolo corpo dalle concezioni e dagli appetiti immani, riproduce in grado eccelso uno di quei sistemi nevrocerebrali, in cui il genio confina con la follia.

Hanno ben ragione il Soresi ed il Corradini da lui citato, a trovar proprio d'un imperatore e d'un generale il linguaggio, che Cesare Lombroso raccoglie dalla bocca di Napoleone, come l'esponente del suo senso morale.

Dice l'imperatore: «Io non sono un uomo come gli altri». Ed il generale aggiunge: «Che cosa sono per me duecentomila uomini?».

Certo, troppi generali hanno pensato e detto la cinica frase di Bonaparte. Ma non è scientificamente più giusto, accusarne anche gli altri generali, piuttosto che assolverne Napoleone? Accusare, nelle investigazioni scientifiche, non è che constatare le cause psicopatologiche delle azioni umane. E tali investigazioni, nel campo della psicologia del militare di professione, hanno portato molti spiriti temperati a giudizi ben severi sull'efficacia negativa, che l'arte della milizia esercita sugli animi più retti nella formazione di quelle abitudini mentali, che restano poi norma della condotta individuale.

Che dire poi dell'abisso morale che tale influenza d'educazione e d'ambiente, apre nelle menti minate dalle forme di frenosi, sieno pure avvampate dal genio?...

L'anormalità di quei sentimenti e di quelle espressioni può apparire normale e logica nella ragion d'essere del soldato e del conquistatore di professione.

Anche il pazzo morale di cui parla Mausdley in un suo libro profondo sulle malattie mentali, può sembrar logico dal suo punto di vista, nella spaventosa risposta che dà al medico, il quale lo interrogava sul perchè egli avesse ucciso il suo vicino di letto.

«Perchè esso russava, ed io non potevo dormire...».

Sinchè la forza soltanto debba decidere delle sorti dell'uomo e delle società, avrà sempre ragione il manesco – generale o masnadiero – quando riesca ad abbattere l'ostacolo sia d'uno o di duecentomila petti viventi, tra lui e la preda agognata: impero o portafoglio.

E che cosa più delle due caratteristiche frasi di Napoleone, dell'imperatore e del generale, può evidenziare la deformazione etica del comun senso di pietà, e di quel rispetto alla vita altrui, che i codici esigono – pena anni di tormento e di ignominia – dal volgo dei normali, e che le leggiadre consuetudini d'ogni tempo lasciano impunemente calpestare a Cesare od a chi agisca e parli in nome di lui.

– «Che sono, per il semidio, duecentomila uomini?».

Nulla più che un ponte palpitante di carni spezzate dal cannone e dai fucili meravigliosi, una purpurea scalea per la quale il gran capitano possa salire al soglio – Ottaviano alla clamide imperiale.

Ma avvicinar la psiche eroica di Napoleone a quella di Garibaldi come pretende il Corradini, soltanto perchè l'uno e l'altro sapean vincere battaglie, è far violenza alla serietà d'ogni scienza, e ad ogni filosofia della storia. Che analogia può esservi tra il duce, che conquista reami per donarli alla piccola gente del suo parentado, ed il guerrigliero, che disvincola un popolo per ingemmare, col gesto ingenuo d'un fanciullo, la corona all'erede di chi l'avea dannato a morte obbrobriosa, per quella sua follia unitaria di cavaliere errante di tutti i diritti vilipesi?...

L'ombra di questo, che di tanto si infutura, se cavalca verso il passato, è per incontrarvi Cincinnato, che alla sua terra, consacra il sangue, da cui può talvolta nascere la libertà, ed il sudore da cui dovrà germogliare il pane.

Il fantasma di Bonaparte deve cercar la sua gloria, galoppando a ritroso verso le età cruente, in cui la più alta virtù civica si laureava nella strage di ogni nemico d'oltre muraglia.

Gli può bastare, per monumento, la piramide di scheletri, che il suo genio disseminò sulla terra, e per requiescat il grido, non anche spento, di tanti petti materni.

* * *

Ma è la guerra, non altro, che si vuol glorificare in Napoleone. La seconda parte dell'articolo di Mario Foresi infatti squilla come una fanfara d'attacco.

Vero è che i potentati, malgrado i brindisi gravidi di quos ego procellosi, riducono ormai la guerra ad una schermaglia di libri verdi ed azzurri, e son marescialli di campo i cancellieri arguti come Von Boulow, od i pacifici borghesi come... Pichon.

Guglielmo come AbdulHamid comprendono che il cozzo degli eserciti moderni e delle flotte fulminatrici può essere un giuoco spaventevole, ed un osceno macello a grandi distanze, nel quale la freddezza calcolatrice di Togo può aver fortuna contro ogni avverso valore, fosse pur sulla tolda nemica Nelson, senza la contro insidia dei siluri e degli affondamine. È lo strumento che domina, più assai di chi lo adopera, ogni possibile mischia di terra o di mare.

Ma ormai tutta una letteratura, tutto un sollevamento di spiriti battaglieri empiono il nostro cielo, striato dal fumo e scosso dal fragore delle macchine, con un vocio di rivincita contro chiunque persista a credere ch'è sempre un giuoco d'azzardo l'affidar le proprie ragioni alla punta d'una sciabola od alla bocca d'un moschetto. Salvo a trovare abominevole, se quell'arma fu maneggiata o scaricata da una miseria o da una disperazione insondabili.

E più d'uno scrittore romaneggia contro la vigliaccheria nostra, contro la poltroneria della nostra epoca così poco... epica.

Ah, la guerra!... Non è scomparsa, ahimè, dai nuclei umani. Lo diceste, e noi pur da vent'anni lo andiamo dicendo essa ha cambiato d'aspetto. Lo sterminio, dai campi di battaglia, ha invaso quelli dell'economia e del lavoro.

Voi li vedete i suoi morti senza apoteosi, i suoi mutilati senza conforto, i suoi vinti senza pane.

Ma noi lottiamo per affrancarci pure da questa guerra a colpi di frode, a tattica di spogliazione pacifica, a strategia di untuose imboscate.

Sì: noi abbiamo paura di questa guerra, e di quell'altra, che a voi è sì cara – non perchè una goccia di sangue ci faccia svenire – ma perchè i salassi sui popoli e sugli individui sono ormai roba da mattatoio, non da clinica.

Credete di offenderci, quando dite che la guerra ci fa l'effetto di una lama nel nostro proprio ventre? Ignorate forse le caratteristiche anestesie fisiche e morali dei delinquenti e degli anormali, per recarci quasi a stigmate d'inferiorità questa sensibilità di pelle e di cuore?... A voi dunque la guerra fa il cristiano effetto di una lama nel ventre... degli altri?'

Ah, voi volete, che la gente impari a morire?... E perchè prima non insegnarle... a vivere?...

Scuola di vita, non di morte. Liberazione anche da quest'altra insidiosa guerra di industrie, di prodotti, di commerci, di concorrenze; non provocazione di quella, che il Foresi chiama la sana guerra fortificatrice e sceveratrice, abusando poeticamente dei raffronti con le tempeste oceaniche... Per spazzar via il putrido e l'ammorbante delle società frolle e caduche, se mai, bastano le rivoluzioni. Ma a queste, secondo gli amici della guerra, che sono sempre dalla parte dell'esercito... regolare, i tropi della bufera che purifica, non possono calzare, anche se a Vittore Hugo esse parvero le sole guerre giuste, e quindi benefiche.

Fortificatrice la guerra, perchè scatena sui non guerrieri tutte le delizie contemplate dal codice penale – dall'omicidio al saccheggio, dall'incendio al ricatto – con la consolazione per le vittime della immensa ruina, che la morale bellica riuscirà a trasfigurare tutti cotesti reati in azioni più o meno magnanime?.. O fortificatrice perchè, col risveglio degli istinti belluini scambierà per prodigi di valore ogni atto di disperazione, che la paura della morte suggerirà al sopraffatto, od ogni inutile crudeltà, che la vendetta guizzante dal torrente rosso, strapperà dalla mano del vincitore?

Sceveratrice forse con la sua cecità di folgore? O tale, perchè provoca una selezione della specie proprio a rovescio, col mietere i più giovani, i più robusti, i più validi – lasciando a piangere sugli ossari incoronati dall'amaro e sterile alloro il superstite bulicame delle donne, dei vecchi, dei fanciulli?...

Che l'agonia di uno o quella di mille significhino moralmente la stessa cosa non è che un luccicante paradosso uscito dalla penna, non dal cuore di Mario Foresi. Una morte violenta moltiplicata per mille non moltiplicherà, è vero, per la stessa cifra di dolore individuale – ma rappresenterà sempre una violazione più vasta e profonda delle leggi biologiche ed etniche, che presiedono allo sviluppo delle nazioni e delle razze.

Così pure: gli omicidi più o meno involontari commessi dall'industria moderna, nella sua febbre di produzione, non potranno mai far desiderare anche quelli che largamente perpetrerebbe la guerra, divenuta essa pure una scienza il cui scopo è di uccidere quanto più si possa, senza essere uccisi.

Eliminare l'una e l'altra forma di distruzione: ecco il problema di una civiltà superiore.

Che la guerra sia stata un tempo una funzione anche utile di fagocitosi sociale, oltre che un fenomeno fatale della lotta per la vita – che vi sieno state o che vi possano ancora essere conflagrazioni inevitabili di popoli e di interessi, come vi furono guerre generose di riscossa, su cui ondeggiava, come labaro, una grande chimera di libertà – non vuol dire che si debba inneggiare alla guerra, come ad una leva di inalzamento materiale e morale – e molto meno che si possa sentire il bisogno d'una esaltazione marmorea di colui, che della guerra, senza contenuto ideale, rimarrà nei secoli personificazione e simbolo.

Per la storia delle grandezze terribili bastano il libro, il museo, la pinacoteca, o, tutt'al più la necropoli.

Ma sulla piazza, vogliamo ripetere, non ci deve esser posto che per il grandeggiar di memorie, da cui si esprima una luce di pensiero od una opera perenne di verità, di vita, di bellezza.

Il navigante affaticato, nella eroica ed oscura lotta con le furie dell'infinito, cercherà con gli occhi sulle sponde dell'isola l'umile faro, operoso di salvazione pur nel suo silenzio immoto.

Sempre più basso di questo sarà – se ci sarà – il simulacro di chi per un anno non calpestò questo suolo, che travolto da un incubo di fuga e di rivincita.

Il sopraggiunto, dinanzi a quell'improbabile ingombro entro la cinta: cosmopolitana, aguzzerà la mente sul sapiente scritto, che i posteri avranno scolpito nello zoccolo – meno male – di granito marcianese.

Egli non lo intenderà. Storia di un anno e d'un uomo così lontano!... Si guarderà attorno.

I fratelli del monte, e quelli della marina, e quelli della miniera dove scolpirono la rubesta storia dell'eroismo umile e fattivo, la storia secolare della piccola stirpe, gli aneliti dei petti, le glorie del solco, i misteri del baratro – i sospiri, le gioie, gli spasimi dell'anima isolana?

Dove questo bronzo; dove, Elba madre, questo monumento alla tua vera storia, così grande di semplicità, dove quest'inno scolpito alla realtà innocente della tua vita?...

Dove, dove?

Portoferraio, novembre 1908.

NELL'ORA TRAGICA

Pel terremoto di Messina 1908.

In quest'ora di angoscia, nella tragica attesa, mentre la vita contende alla morte vittoriosa ciò che di vitale è rimasto ancora sotto le enormi macerie, non è la penna che scrive. È il cuore che pulsa. Non inutili segni grafici. Ogni parola sia un palpito. E ad ogni palpito risponda il palpito degli altri cuori. Perchè un rombo sterminatore è passato. È passata la morte.

Chiamate dunque, chiamate a martello, chiamate a riscossa tutte le energie del bene. Evocate tutte le braccia, tutte le menti, tutte le anime. Lo sterminio fu l'opera di un baleno. Un sussulto della terra, una frenesia urlante dei muri e dei petti squarciati. Poi, sulle due riviere sorelle, tra gli aranceti d'oro, sul più lieto mare del mondo, null'altro, che un sepolcreto immenso.

Dinanzi alla violenza sismica che die' morte, avrà sussulti del pari possenti la dinamica dell'amore, per il quale rigermina ovunque la vita? Essa deve rifiorire sul baratro cruento.

Oh mia gentil città nativa, Messina, gemma dell'isola gemmea, potesse la parola d'un figlio che dal tuo seno di zaffiro spiccò l'esistenza raminga, portare verso di te tutte le mani capaci a riedificare, tutte le dovizie necessarie a lenire, tutte le dolcezze atte ad asciugare il tuo pianto!...

Potesse l'opera mia alla cara città, che dall'opposta sponda ti sorridea, a Reggio, tua gemella di bellezza e di sventura, condurre come nei giorni d'altre lotte, le schiere sante della rivincita contro la ruina, che su codeste riviere del sole, si scatena dall'alto per umana ignavia, ed irrompe di sotto terra colla perfidia occulta delle ribellioni cosmiche.

Potrà la ineffabile poesia del focolare, cui rievocò di questi giorni tra gli uomini il ritorno di una tradizione intessuta di tenerezza e di mestizia, saprà suscitare nella fosca aurora di quest'anno che è sorto, la fiammata grande della carità che non misura, della fraternità che non discute, dello slancio che non conosce limiti?

Tu, grande anima umana, che udisti in lacrime il fiero annunzio, lèvati tutta, ed offriti in tutto quello che possiedi, in tutto quello che puoi. Offriti tutta ai fuggenti lontani che invocano, ai fratelli che non hanno più asilo, che non possono neppur seppellire i loro morti, rimasti sotto le case, ieri liete dei tanti baci e dei tanti ritorni, nel nome e con la promessa di Cristo, – promessa ch'ebbe una volta ancora dalla natura crudele, dopo che dagli uomini, terribile la smentita.

Ma se oggi le case dei fratelli laggiù, son tutte una materia, e mute come una sepoltura, – più forte del disastro che annientò, sia la civiltà che si protende commossa, verso la tomba immane.

Portoferraio; 29 dicembre 1908.

Di contro al delirio imperialista, che affebbra anche le intelligenze più elette – potrà sembrar minuscolezza mentale sdegnarsi per una frase, anche se questa, per amor di contrasto epico, calpesti tutta la fama di bellezza e di cortesia d'una terra, e della sua gente.

Così avvenne che Alfredo Oriani, uno scrittore d'altronde dei più forti e lucenti della nostra letteratura contemporanea, nell'esaltare di questi giorni sul Giornale d'Italia i cruenti fantasmi del grande e del piccolo Bonaparte, trovasse la sua efficacia lirica nel chiamar l'isola d'Elba (sia pure di un secolo fa) angusto refugio di pescatori, ergastolo di delinquenti sopra, galera di minatori sotto terra.

Ora, mentre per la probità storica giova ricordare, che ai tempi del primo Napoleone, l'isola gentile non era ancor letificata da alcuna casa di pena – da tempo immemorabile le vene ferrigne di lei conoscono il lungo salasso del piccone o della mina, allo scoperto, nella gioia grande ed aperta del suo cielo e del suo mare.

Ma che è tutto ciò, a dir del Giornale d'Italia chiosante una vivace lettera di Riccardo Tondi, di fronte alla risonanza conseguita dalla ritmica frase con un duplice e poetico tradimento della storia e della verità?

Ed a più documentare la allegra ignoranza dei facitori di pubblica opinione in Italia, il giornale… della medesima, commentando un telegramma di protesta del sindaco di Rio Marina, fa addirittura degli otto comuni Elbani un comune solo, concedendo a pena che queste proteste isolane valgono solo a far manifesto... un rifiorimento dell'Elba.

Ah questa principale (non unica, sindaco Giannoni!...) ricchezza Elbana, questo nostro ferro mirabile, che il vasto seno dell'Isola profonde da secoli alla attività umana: eccolo il problema di legislazione e d'equità, che i sapienti d'Italia ignorano, che gli stessi Elbani obbliano – che il vostro rappresentante politico, o elettori dell'isola, non si peritò a dileggiare in un comizio clandestino: eccolo – questo da vero – il ceppo ergastolano che il nuovo regime italico, rinverniciando gli odiosi privilegi di regalìa, ribadì e mantenne a violazione della proprietà del sottosuolo, non a beneficio delle popolazioni indigene, ma ad usurpazione stataria, che fuse nel crogiuolo unitario questa ritorta fiscale redata dal medio evo.

Ma ciò, si capisce, non è eroico – e non può interessare gli smidollati leggitori della penisola, abbacinati ormai dagli epicinii della imperial politik; non è la clamide d'un sepolto conquistatore da resuscitare alla vita, alla gloria della contemporaneità cavallereggiante coi fantasmi più violenti e tragici del passato. Per essi non possono avere importanza questi problemi, pure immanenti nella ora pigra, queste inezie, che pur sono il pane e l'onore del nostro popolo fiero e gentile, il quale pur di questo angusto refugio di pescatori potrebbe fare una sua piccola terra di letizia, se la patria più grande non ne spremesse, senza proporzionato compenso, il succo migliore – se gli uomini di lei, che più validamente parlano o scrivono, troppo della gemma Tirrena non ignorassero, o non obliassero – o fin anco non deturpassero la nozione, nella pura essenza sua di beltà e di gentilezza, e non ne insultassero, per amor di un sonante troppo, il nome leggiadra.

Galera forse, anche sotto il grande raggio del sole, per le ingiustizie onde i sopravvenuti della industria tormentano i muscoli e le coscienze dei minatori o degli abbrustoliti cucinieri della ghisa, che corre come fiume d'oro verso gli abissi delle follie borsistiche; galeotti forse ancora delle sopraffazioni dell'affarismo o della politica da ghetto questi lavoratori isolani strappati alle vigne solatìe, tirati giù dalle tartane eroiche dal fumoso pennacchio tentatore delle ciminiere – e quegli altri venuti da ogni lembo d'Italia a cercare, sia pur tra insidie ed asprezze, il pane agro della fatica intensa a queste scaturigini del ferro, innanzi ad uno specchio impareggiabile di mare, su cui lampeggiano nella notte le fucine di Vulcano, l'artefice spregiato e glorioso che strangolerà alfine, tra i suoi allori feroci, Marte il tormentatore.

Ma stamane l'isola splendeva meravigliosa come mai ai miei occhi ancor pieni di bagliori dell'Adriatico rivisto dopo cinque anni di sofferenze – stamane l'isola, quasi maternamente gelosa, avvolgeva il mio ritornare di tutti i suoi fascini. Ed io richiamavo dagli occhi interni dell'anima i riflessi più scintillanti di mare, di montagna, d'orizzonte, ammirati durante il lungo errare per tutti gli angoli della terra; e lo splendore del suo saluto vinceva tutti i ricordi.

Ah come impallidiva la piccola frase squillante di finzioni letterarie, posta dall'Oriani a piedistallo dello spettro imperiale innanzi a codesta polifonia di vibrazioni, di suoni, di colori!

Questa che fu la non amata terra di confino del despota geniale, serena a torno le bolge della grande industria che or le martella nel seno, levava oggi la granitica corona dei suoi monti sul ponente zaffireo. I suoi golfi, ampi e capaci al refugio di tutte le grandi navi guerriere d'Europa, la cingevano con il grande lavacro della maestralata spumante. E dalle riviere frementi di vita operosa, dai paesetti lindi e fumiganti nel pensoso silenzio delle valli, dalle borgate distese arditamente alla conquista dei flutti lungo il braccio dei promontori saliva nello scintillio immenso dell'estate tirrena, tutto un balenar di vigore e di bellezza, e la visione possente s'incorniciava in una teodia trionfale di granito e di ferro.

Noi le vedemmo, e le sentimmo, pur tra le naturali dovizie dell'isola, le tristezze e le angustie dei suoi figli, che sudano alla miniera od ai crogiuoli immensi del minerale, o rischiano l'esistenza sulle fragili navicelle.

Ma per difenderne le rivendicazioni sacre, noi non sentiamo, come lo scrittore Cesareo, il bisogno d'impastare la tavolozza nei profondi pozzi del Germinal Zoliano, in cui pur siamo scesi di persona negli anni operosi dell'esilio; e per glorificare un morto, fosse pure il più grande, ci guarderemmo bene dalle iperboli rovesciate, che potessero offendere una umile ma nobile terra, o recar, sia pure involontario, nocumento a coloro che ci vivono.

Ed ecco la gioia e la gloria che sull'Elba proietta lo scherno dell'Europa legittimista d'un secolo fa, quando di lei fece domicilio coatto e reame al vinto di Neuilly. Il miglior profitto che un pubblicista d'ingegno possa ricavare dal ricordo storico, sarà la umiliazione del luogo ove l'imperatore fu confinato, per la maggior glorificazione della vittima illustre.

Perchè certo i suoi occhi d'aquila, i quali pur ne bevvero per più d'un anno dal tramonto all'aurora, mai benedissero i fulgori di questo cielo e di questo mare. Di ben altro sogno purpureo, essi ormai corruscavano dopo l'ascensione prodigiosa sui troni e sui mari di sangue. Non aveva voluto provar la voluttà della grandezza vera, qual per lui la rimpianse il massimo poeta della Italia moderna…

O solitaria casa d'Aiaccio

. . . .

. . . . .ed ivi

lanciata ai troni l'ultima folgore,

date concordi leggi tra i popoli,

dovevi, o Consol, ritrarti

tra il mare e Dio, cui tu credevi.

Napoleone, come i suoi apologisti, vide la leggiadra isola Tirrena, con le luci fredde del conquistatore – i bei golfi, l'alpe austera, le campagne apriche, la stirpe gagliarda e cortese non ebbero sorrisi da lui, che aveva parlato da duce Romano ai vertici millenari delle Piramidi. Il piccolo piede imperiale calpestava fremendo la arena del beffardo dominio; e ne sentiva angusti al galoppo del suo destriero di guerra i lidi, come le muraglie di una prigione.

E come una prigione, forse, egli maledisse l'isola, che Victor Hugo amava e chiamava, come quella di Guernesey, austera e soave.

Adesso alcuni isolani ed uno scultore meditano per l'Elba una statua di Napoleone, cui in questi giorni il re d'Italia si recò, a visitare, e (dicono) volle encomiare.

Qual nuova antitesi letteraria troveranno gli imperialisti della penna, perchè il simulacro del nume bellico vieppiù giganteggi sul verde scoglio, che gli dovrebbe fare da zoccolo?

Attendiamo dunque il monumento.

Portoferraio, 9 luglio 1909.

IN MORTE DI DOMENICO BIGESCHI

Dir di Lui degnamente sarebbe inane sforzo – mentre ancor trema nei sensi e nell'anima il grande vuoto per la sua scomparsa e più acuti pungono i ricordi dell'antica e recente intrinsichezza con Lui. Queste note scomposte e concitate non sono che il battito dolente di un cuore, che fu fratello a quel suo sì ben fatto, a cui una perfidia di natura troncò i palpiti, nell'età dei maturi propositi e delle virili opere.

Le memorie risalgono lontano, verso la prima giovinezza, verso la comunanza dei primi studi, dei primi tripudi, dei primi sogni che avemmo comuni, in quella palazzina dimessa e luminosa innanzi al grande viale delle tamerici, sul mare, in Livorno, ove la ruvida tenerezza di mio padre, e la dolcezza inestinguibile di mia madre vegliarono per un anno su di noi, come su due figli. Quel legame d'intimità non si spezzò mai più. Così oggi il superstite spirito fraterno, innanzi alla gelida immobilità delle forme, ove l'altro ebbe atteggiamenti sì nobili ed alti, vorrebbe rievocare di quella bella vita infranta gli atti e gli accenti. L'amicizia e la ricordanza non si chiudono nel sepolcro con le salme, o si lasciano ad ingiallir, come le corone, sulle lapidi. Esse restano a perpetuar nella vita chi della vita fu degno... Usque ad mortem et ultra...

***

A quell'anno di vita, che si chiuse per noi con la licenza ginnasiale, seguì una estate luccicante di esuberanze, di fantasticherie, d'impeti giovanili, qui sull'ampia conca di turchesi in colata – a cui eravamo tornati egli alla sua, io con la mia famiglia. E nella sua casa così tradizionalmente ospitale in faccia alla piazza allor tutta sole, in retaggio quasi storico di nobiltà, che aveva ugualmente sorriso ad ospiti di sangue reale, ed a bruni lottatori colle procelle marine, il giovinetto effondeva la intensa vigorìa d'una adolescenza fiorente di pienezze fisiche e di squisitezze morali, tutto un rigoglio di promesse ben lontane da questo imprevisto e brutale attanagliarsi del morbo nefando a quelle sue già floride carni, auspicanti una esistenza coronata da sana e lieta vecchiezza.

Lo scolaretto s'era, nelle regate nazionali dei velieri incrocianti in quell'anno sul superbo triangolo d'acqua, trasformato più che in un azzimatello yachman, in un abbronzato demonietto, conoscitore e padrone delle carezze e dei tradimenti della raffica. Non so perchè innanzi al suo presente sfacelo fisico quella sua personcina vigorosa di marinaretto, trionfa ancora, su tutte le reminiscenze di Lui, sul vivo riflesso di quell'estate lontana, nel trionfo ceruleo dell'età in cui gli occhi bevono tutte le luci, tutti i colori delle cose.

E io ricordo, alcuni anni più tardi, nella spensieratezza della vita goliardica all'università di Pisa; lo rivedo gaio nelle notti lunari sui lungarni, popolati di ombre e di fantasie immortali, lo risento col suo riso schietto e cristallino nelle comitive dei compagni in gioia; lo riascolto, con la dolce e carezzante parola, nelle ore della mestizia comune.

Il maggio decorso i superstiti di una nostra follia coreografica danzata vent'anni or sono sugli echi del canto goliardico, onde gli studenti vaganti empivano di letizia la caligine dell'evo medio e tristo – una vasta giocondità collettiva, che Pisa più non vide – i già maturi condiscepoli del tempo inobliabile, vollero rivedersi, riabbracciarsi all'ombra della cara torre marmorea. Un pensiero delicato dei convenuti venne sull'ala dell'elettrico, a portare il bacio degli antichi compagni a due assenti: all'invalido, che scrive – ed a quell'altro, che comincia a morire.

È ancora il balenìo di quelle aurore e di quei meriggi, che rende più cupo questo crepuscolo, su cui batte, vieppiù maledetta, l'ala della morte.

***

Egli fu, quale i presagi della sorridente puerizia, quale le promesse della gioventù traboccante di affettività, lo avevano annunziato alla famiglia Elbana, del cui ceppo i suoi maggiori furono un antico e robusto ramo, ricco di fiori e di frutti per la dignità della stirpe.

Fu un giusto, ed un buono. E alle doti del sentimento sovranamente squisito si accoppiavano quelle d'una intelligenza pacata e tranquilla. Io la ricordo quella sua mentalità, pur senza scatti soverchi della fantasia, sin dai banchi della scuola, aperta a tutte le bellezze del conoscimento, avvezza a tutti i più saldi equilibri della ragione.

Quanti alti ingegni, talvolta traripanti negli atti più contradditori, avrebbero potuto invidiare la probità intellettuale, la coscienza equanime, la dirittura rigida che guidarono le azioni tutte di Lui, nella vita pubblica e privata, e che di Lui imposero l'ammirazione affettuosa ad amici ed avversari. E gli amici amò di un affetto, intessuto di prove leggiadre, agli avversari, anche ai più indegni, mai rispose con la parola aspra dell'odio.

Egli non conobbe l'odio. Ecco perchè nessun odio contamina la alta ondata di dolore, che amici ed avversari stringe oggi accanto alla sua bara.

Giacchè in simili figure, come in simboli viventi di bontà umana e di umana gentilezza, si compiace nell'ora degli addii supremi, purificarsi l'unanime sentimento d'un popolo.

Ed il popolo della città marinara, che serba nel cuore la intima fraternità del sorriso di Lui, e quanti nell'Elba lo conobbero o ne udirono apprezzare le nobilissime doti civiche e familiari comporranno il soave ricordo di Lui nella parte più eletta dell'animo.

E pur quelli che nell'isola, ivi nati o da altra terra venuti, i quali alle durezze gloriose della miniera e dell'opificio curvano la fronte madida di sudore, onorino senza esitanza la sua memoria.

Che s'Egli non militò sotto bandiere di avanguardia politica; se la sua opera non si esercitò in teorismi popolareschi (ahi quante volte lontani dal disinteressato amor delle plebi!...) l'animo suo ebbe tenerezze paterne per i miseri, e dolorò sulle ingiuste sorti delle moltitudini laboriose, troppo spesso vittime dell'ozio parassitario dei pochi e dei meno degni. Perchè questo gentiluomo di chiaro lignaggio – l'ultimo forse dei gentiluomini Elbani – ebbe profonda e naturale benevolenza verso gli oscuri, verso i plebei, verso i fattori umili o pur grandi d'ogni civiltà e d'ogni progresso. E tutte le volte che accettò cariche pubbliche, da consigliere comunale e provinciale ad assessore e sindaco di Portoferraio, fu ognora con riluttanza, per quel raro senso di modestia, che distingue gli ottimi dagli antropozoidi della politica o dell'affarismo, e fu sempre in momenti in cui vi fossero asprezze da affrontare, che egli poi superava con quel suo finissimo tatto, a cui non erano ignari gli scatti generosi e le sdegnose fierezze: lampi di rivolta morale rasserenata presto dal dominio di una indulgenza e di una dignità, sovrane sempre negli atti maggiori e minimi della sua vita.

Quando poi venivano gli onori, come dopo il laborioso sindacato in cui si erano vinte le innumeri difficoltà per l'impianto degli alti forni di Portoferraio, tramutata in un baleno da tranquillo porto di cabotaggio in fremente fucina di attività industriale e commerciale. Egli, natura semplice nella affascinante signorilità nativa, si affrettava a dimettersi, si traeva chetamente in disparte – al suo

41

lavoro professionale, in cui portò un'attività immacolata ed intensa che valse ad attizzare i germi del male contratto. Tornava alla quiete della famiglia adorata, ed alle ombre amiche della sua villa delle Grotte, che udirono le sue risate di fanciullo, e che ieri su l'afa del meriggio accolsero l'ultimo anelito di quel petto, finalmente acquietato, dopo gli schianti affannosi di questi lunghi mesi, nella pace estrema...

Sfiorò il sussurro di quella bocca che si chiudeva per sempre le fronti presaghe della sorella e del figlio, che stavano per giungere dal mare?…

Sentirono, venuto su le ali magnetiche dell'affetto, l'addio di quel cuore che si spegneva, là sulla riviera boscosa, i due venienti al passar per il golfo, nell'ora medesima della morte?...

Come fulgoreggiava l'estate sulla villa occhieggiante dalla mareggiata di verde profuso giù sino alla scogliera e come trillavano giocondi gli alati ospiti nelle quercete solitarie innanzi a questa dimora del pianto!... L'ironia eterna dei contrasti faceva salire al labbro la bestemmia...

Ma come una serenità diffusa da quella che era stata la esistenza di quell'uomo, e che ancor si diffondeva dalle linee affilate ma ricomposte del suo bel viso, empiva tutti i vani della casa e del parco; come una forza eroica contro il fato, ancora una volta crudele verso la bontà e la giustizia, vinceva la disperazione dei cuori. La eroica fermezza che Egli sapeva opporre agli strazi del male nefando, il mirabil coraggio che Egli aveva insegnato, sorridendo del pericolo, a quelli che trepidavano per Lui, che tremavano per le previsioni ferali, le premure delicate che Egli aveva perchè i suoi non soffrissero del suo soffrire, tutto vibrava a torno, anche più solenne della sua morte, ad esaltazione di ciò che Egli fu, sino all'ultimo, nei più intimi atteggiamenti della sua abnegazione e della sua bontà.

Ah sì, Egli non voleva morire e lottò per vincere, per rimanere lunghi anni ancora accanto alla compagna gentile dei suoi anni migliori; tutto pensoso della educazione dei figli, che adorava.

E si difese ma senza un lamento, senza una parola di trepidanza per la sua sorte: con la muta desolazione che dagli occhi, fattisi più grandi ancora, gli traboccava, di non poter baciare le sue bambine.... Ah quegli occhi sbarrati nel desiderio ardente d'un bacio, d'un bacio solo – prima di morire sulle labbruzze amate... Voi non conoscerete mai, povere orfanelle, la rinunzia grande e lacerante al diritto di quei vostri baci, più santi d'ogni viatico...

Ma quegli occhi, o piccine, si chiusero per sempre, forse sognando per voi la carezza di altre mani, – dopo quella dolce materna, l'altra dello sposo e dei figli – e lasciando al maggiore, più che gli averi materiali, un retaggio altiero di onore e di affetti, scintillanti come rugiada sotto le aurore foriere, perchè i virgulti crescano al par di semprevivi al suo nome ed alla sua memoria, perchè il vecchio ceppo non si inaridisca.

Anche, se la tradizione familiare vorrà che i riti religiosi dei suoi avi accompagnino le spoglie di lui, alla tomba, noi non seguiremo il volo misterioso di quella che fu la sua bellezza corporea e morale verso l'ignoto, che altri adora ed a cui inalzano preci espiatorie.

Noi, pur rispettando le fedi sincere, coltiveremo di Lui la sopravvivenza spirituale nella realtà del bene, ch'Egli operò come un bisogno della sua natura; lo vedremo ancora nelle cose belle che amava, lo ameremo nei pensieri e nei sentimenti, che nella essenza più che nella forma avemmo con Lui comuni, lo sentiremo ancora nelle voci fresche di quelli da Lui nati, e nel rimpianto di quanti – dalla vedova affranta ai conoscenti lontani – per un lungo domani parleranno di Lui.

Ed Egli rivivrà, dagli atomi sognanti nella bianchezza del sepolcro alto in vista del suo mare, nella lucente serenità di questi orizzonti, da cui attinse la dolcezza del sorriso e la purezza della esistenza.

Nell'istante in cui uscisti dalla vita, o fratello, ti sentimmo ancor più vivo e presente nei cuori nostri.

E tu per noi non morirai, se non quando essi cesseranno di battere.

Portoferraio, 20 luglio 1909.

PER LA VITA DI FRANCISCO FERRER

(ai promotori dei comizio "pro Ferrer e compagni a Roma).

S. Ilario nell'Elba, 2 Ottobre 1909.

«Ancora una volta le ritorte del male mi incatenano lunge dalla vita, dalla lotta: ed al vostro caldo appello non può rispondere che la eco della voce lontana.

«Ma essa vi giunge col fremito dei ricordi personali e collettivi d'un lungo spasimo d'uomini e d'idee, a traverso la larvata servitù liberalesca di quest'ultimo trentennio – più o meno in tutti i paesi del mondo – con le forme serpentine dei morbi feroci, balzanti qua e là sulla salute dei popoli.

«Oggi è dalla Spagna, che sorge l'invocazione; è dal castello infame, che rivide le più nefande crudeltà della tirannide sacerdotale; è dal cuore della Catalogna, spazzata dai cannoni della parassitaria Castiglia, che si leva il grido, a cui deve rispondere la coscienza del mondo civile.

«Sopra quella idiota formula dei riguardi internazionali, sciorinata dai cosacchi del giornalismo e della diplomazia, c'è appunto la difesa di quell'antico diritto delle genti, trasformatosi nella moderna solidarietà civile, e nella protesta virile dei vinti e degli oppressi d'ogni oltrefrontiera contro le vendette di guerra, straniera o civile che chiamar si voglia.

«Giacchè a Barcellona si sta tramando, da preti e da soldati, la stessa frode giudiziaria, che anni or sono empì le prigioni e le isolette d'Italia di tanti generosi e di tanti innocenti, dopo i macelli, qua pure perpetrati su folle amorfe, sollevate a furore da insane leggi di conquista, o di fame, o da provocazioni di polizia.

«Anche nei giudizi statari catalani vi saranno – come vi furono qui – spie, agenti provocatori, cialtroni codardi pronti a testimoniare le più truci menzogne, affinchè i tribunali militari, che ne muoion di voglia, possano condannare tutti quegli uomini liberi, che dànno ombra agli inquisitori di chierica o di giberna.

«Da Roma a Parigi, da Londra a New York a Buenos Aires, vigilino le avanguardie popolari, sveglino la coscienza universale sull'immenso delitto, che si prepara nei tenebrosi maneggi dello stato d'assedio, e delle giurisdizioni eccezionali; richiamino al pudore la civiltà contemporanea contro ogni sua possibile complicità di silenzio, e di indifferenza.

«Difendendo la vita, e la integrità personale di Francisco Ferrer e dei suoi compagni, contro la risorta inquisizione che ne strazia i corpi, per dannarli alla morte, non è il libertario od i rivoluzionari che si difendono; ma è la esistenza stessa dei più alti principî di libertà e di giustizia che sono ormai il patrimonio insopprimibile della convivenza umana.

«E voi gridatelo alto e forte.

«Se la voce dei popoli civili non riuscirà a strappare Ferrer ed i suoi compagni dalle mani del carnefice, sarà menzogna ogni vanto di forza morale della pubblica opinione sulla brutalità della vendetta.

PIETRO GORI»

Dal Libertario di Spezia.

CARO PAOLO,

esprimi tu il mio rammarico ai promotori del Comizio, per non poter io accorrere al loro caloroso invito. La mia voce, che fu, se non possente, alacre, è ormai dannata dal male a questi lunghi silenzi... espiatori. E reca tu al popolo di Pisa, che amo come un vecchio amico della mia combattente giovinezza; all'austera città, che mi fu anche più cara nei giorni del dolore, reca la fiammata di sdegno che io vorrei accendere in tutti i petti liberi, come divampò nel mio, al cospetto di questa poltroneria dei più, e di questa dilagante bancarotta della rivoluzione proletaria, la quale, non che socializzare i mezzi di produzione, nemmeno è capace di strappare dagli artigli dello sdentato Leon di Castiglia quei generosi, cui si vorrebbe fare espiare una di quelle spontanee collere della folla, che Bovio chiamava divine.

Ma costoro furon militi di razionalismo e di libertà nel paese più imbestialito dal fanatismo religioso; essi fors'anco protestarono contro la follia Africana, nella quale i Borbòni di Spagna tentano rinverdire i tetri allori di Cuba... Un d'essi, Francisco Ferrer, è il fondatore delle Scuole Moderne, che in pochi anni irradiarono nell'ardente anima Catalana una luce di verità, la quale stava fugando le ultime tenebre della educazione confessionale e la lugubre orda dei Gesuiti.

Ciò è stato sufficiente per mescolare questi modesti ed onesti pensatori di libertà, e molti operai inconsci, e molti innocenti ed altri ribelli consapevoli, ma disinteressati, con quanti altri caddero sotto mano dei repressori tremanti; e quelli furono incarcerati alla rinfusa con gli avventizi della rivolta, ognor pullulanti dal ventre miserabile delle grandi città – dal triste ventre famelico di pane e sitibondo di luce...

Contro tutti codesti prigionieri (prigionieri di guerra, notate, o lealisti della guerra cristianizzata) contro codesti uomini di sì diversa natura tra loro, si vuole l'aggrovigliamento delle responsabilità, si fabbrica la turpe fiaba della partecipazione... morale. Ed i fucilieri, mentre la sozza commedia giudiziaria si inscena, preparano le cartucce dietro gli spalti di Montjuich... E già dai foschi fossati del castello, riecheggia fin ne' telegrammi sui giornali lo scoppio delle prime esecuzioni...

Ah quei cattolicissimi caballeros della tortura e del mattatoio ben lo sanno; la vecchia Europa è vile!...

Si chiamino dunque a raccolta i superstiti della fierezza e della dignità umana: al di sopra di tutte le classi, al di là di tutte le frontiere.

Non è l'appello di un partito in pro' dei partigiani. Si tratta di smascherare le macchinazioni di quei soldati contro la verità, contro la giustizia, contro i principî più elementari di lealtà e d'umanità.

Occorre frugar dietro quelle sbarre ribalde, per far conoscere al mondo le frodi che sta tramando il grande inquisitore dei tribunali di guerra, per legittimare una condanna capitale.

Nessuno meglio di te, caro Paolo, può spezzare – almeno con la parola – quelle tristi mura, per metterne a nudo le vergogne...

Tu che provasti le crudeltà della moderna inquisizione di Spagna – narra, amico, come innanzi alle assise di Viterbo, anni or sono, con un accento di realtà vissuta, che fece fremere – narra lo scempio che nelle carceri Iberiche si compie sui corpi e sulle anime degli accusati: svela le torture raffinate, con le quali si tenta strappare alle labbra urlanti per lo strazio, confessioni e rivelazioni, che la innocente coscienza si addossa – perchè quei tormenti son peggiori della morte...

Ah, lo so, amici che i sottili espedienti sono ormai diventati arte, oltre che della diplomazia feudale e borghese, ben anco della burocrazia operaia!

Ma noi non chiediamo le barricate. I dirigenti delle masse organizzate vorrebbero prima il permesso del questore.

Ci basta una barricata ideale di fronti e di mani, levate in un impeto comune di solidarietà contro quei carnefici in veste di giudici.

È sufficiente un grido delle moltitudini – uno di quei moniti che fan tremare le dominazioni, e che la storia segna come un riapparire della giustizia sulla terra.

Se la intimazione della civiltà non basti a disarmare la vendetta militaresca, ricada il sangue degli innocenti sui lauri di guerra, che la Spagna regia sogna mietere in Africa, e la sincera barbarie dei Mauri ripianti la mezzaluna sulle cattedrali moresche della penisola, ove la croce fu viatico ai delitti più nefandi.

E se il pensiero e la ragione sono ancor proscritti dal mondo moderno – e la libertà, costa ancora o la pace, o la interezza, o la vita ai pensatori – ricominci il duello medioevale fra Cristo e Maometto.

Giacchè, se dopo i diritti, proclamati dalla rivoluzione francese, e dopo la carità predicata dal cristianesimo son possibili ancora di queste burle feroci – gli uomini si saranno addimostrati ancora una volta come la espressione più assurda della animalità.

Ma dalla purezza di questi monti io spero, aspetto e ascolto salire dai precordi del mondo le rivincite sante dell'umanità.

PIETRO GORI

Il sangue oramai è ben raggrumato in fondo alla fossa, tuttora ignota, in cui Francisco Ferrer fu buttato da' furtivi fratelloni della mala morte. I quattro moschettieri, che gli spezzarono il petto, han già cacciato dai sogni gli ultimi spettri di quell'atteggiamento e di quell'accento, così impavidi nel grande addio alla vita. Don Alfonso, a mentito discarico di complicità, ha congedato i maldestri bandoleros del ministero Maura: ed ha richiamato al potere i cosiddetti liberali... non meno borbonici degli altri.

La superba fiammata, che all'annunzio della condanna e della fucilazione, accese di sdegno la coscienza collettiva del mondo, e divampò in una ira magnifica di moltitudini, si andò estinguendo nei focherelli delle loggette clandestine.

E la civiltà, questa corruscante civiltà delle rivoluzioni tecniche e borsistiche, crederà d'aver pagato il suo debito, col murare qualche lapide e dedicare qualche via al nome dell'innocente fucilato.

Innocente di fronte al sozzo atto d'accusa, che lo rinviò innanzi alla Corte Marziale, come reo di istigazione all'incendio ed al saccheggio dei conventi: fiero sì di quella, che era la sua vera colpa agli occhi delle fraterie di Corte e degli episcopati, d'aver voluto con la tenace opera sua e col suo denaro aprire in faccia alle scuole ove strisciano le ombre di Sant'Ignazio di Loyola e di S. Alfonso dei Liguori, quelle sue Escuelas Modernas in cui il conoscimento della vita deve farsi alla mente del fanciullo, non per le rigide nozioni d'un dogma, sia esso religioso, morale, o scientifico, ma con un metodo razionale di indagine, che renda attive e coraggiose, nella libertà ad esse concessa, le facoltà del pensiero e soprattutto educando il cuore ai sentimenti di quella convivenza fraterna, a cui si incamminano, pur tra così bruschi rimbalzi di ferocia atavica, le affaticate società umane.

Poche volte la prepotenza stataria, nella sua lunga catena di errori e di colpe, ha come in queste sue crudeltà militaresche di Catalogna fidato nel dominio delle forze cieche ed inconscie, sulle quali si regge ancora la vecchia impalcatura sociale, ma giammai, come questa volta, la buona anima del mondo ha fatto sentire possente la sua voce in difesa della vita d'un uomo. E se non riuscì a salvarlo, è perchè quei briganti di Madrid precipitarono la esecuzione della sentenza, con la fretta d'una imboscata.

Non vorrei, nel confronto, offendere i briganti, gente valorosa e terribile ma qualche volta cavalleresca ed umana – nè sarebbe giusto confonderli con codesti Tartufes della vieja Castilla, pronti ad impugnare l'aspersorio per convertirlo in istrumento di tortura, od a capovolgere la croce per configgerla, come una spada, nelle carni di chi non s'inginocchia alle loro deità terrestri o celesti.

Ah, mio vecchio Don Miguel, la cavalleria della tua terra ha ormai il suo ultimo ricorso, in cotesta comicità domenicana che s'intinge tragicamente nel sangue – e gli hidalgos postremi della sua gloria, dopo le botte che presero nel WestIndia dai maialari d'America, pensarono rifarsi un po' di nome sulla pelle bronzina degli infedeli, nella Mauritania irreduttibile.

Ma Sancho Panza, o Cervantes immortale, non segue più con la fede di un tempo codesti cavalieri dalla triste figura – e tu attenderesti invano di ripetere innanzi alle paludi de' Marchica, con codesto reuccio di Spagna, il colloquio epico da te avuto con Giovanni d'Austria, dopo la battaglia di Lepanto. Quando a lui rispondevi: «Di due sorta, signore, hanvi poeti; quelli che compiono e quelli che cantano le cose grandi».

Ma allora anche i bastardi dei re e degli imperatori si crociavano, e' combattevano corpo a corpo, per una loro fede, per una loro chimera, lucente nella caligine dell'evo. Evo truce senza dubbio; tempi atroci senza riscontro nella storia. Ma crudeltà quelle sto per dire sincere, nella mentalità ascetica dei persecutori, e nella violenza abituale dei costumi d'allora.

Pur nell'igneo delirio degli Arbues e dei Torquemada balenava la rettitudine feroce del fine: quello di purificar la terra, dall'empietà del pensiero in perpetue contese col dogma; ardendo senz'altro i pensatori. Era un vasto ritorno collettivo della belvinità antropoide, che funestava ed insanguinava il mondo. Ed ogni ragione, ed ogni diritto non potevano brillare che sulla punta di una spada o d'un pugnale o nel capriccio del prelato e del principe.

***

Il secoletto vil che cristianeggia, come il Carducci bolla l'epoca nostra, ha nelle sue epilessie letterarie o politiche, nei suoi ritmici ritorni medioevali al saio del frate od al pennacchio del giudice guerriero, tutte le sguaiataggini del pagliaccio da circo. Anche nella ferocia non riesce sconcio. Guardate in quella svergognata frode, che fu convenuto chiamare il processo Ferrer.

Dal punto di vista esclusivamente giuridico, come scrive Giovanni Rosadi acutamente sul n. 42 del Marzocco «il dibattimento non è stata che una triste commedia a soggetto politico giudiziario, nella quale ciascuno ha esercitato egregiamente la sua parte: l'accusa il suo torquere leges ut torqueant homines, i giudici il loro inter arma silent leges; il governo il loro si hunc dimittis non es amicus Caesaris» una sola parola, oltre quella dell'imputato, si levò animosa e calda di umano sdegno, quella del difensore, capitano Galceràn, a smascherare gli occulti maneggi dei partiti conservatori, che chiedevano la vita dell'odiato educatore.

Certo questo soldato il quale, comandato ad una pura parata verbale in quel simulacro di dibattito, sente formarsi nella onesta coscienza la convinzione e poi la sicurezza della innocenza del suo difeso, sino a prorompere in quella fiera e limpida carica contro la selvaggia procedura seguita per sopprimerlo, e nella superba invettiva, che si alguna vergüenza habia en el Tribunal, esso non si sarebbe reso strumento di vendette religiose o politiche: questo soldato, che rovinava così il suo avvenire professionale per rispondere al grido della sua anima, vale da solo tutti gli eroi più o meno autentici della campagna nel Riff.

Ma i giudici non ebbero vergüenza: pudore, rossore, vergogna (giacchè queste tre cose può significare codesto castigliano vocabolo) furon banditi da ogni più piccolo atto del tristissimo dramma.

Nè i più alti poteri dello Stato, cominciando da quello supremo, ebbero maggior vergüenza di chi dettò la condanna.

Si direbbe che al di là dei Pirenei si sia ripetuto quell'incredibile cataclisma morale, che non molti anni prima aveva travolto in una condanna iniqua Alfredo Dreyfus, e suscitato nel popolo francese, pur così generoso, una vera follia di persecuzione contro chiunque ne pigliasse le difese. Anche allora preti, e soldati, per odio all'ebreo, intorbidarono l'affaire sino al mendacio, alla corruzione, al falso.

Come nel caso Ferrer il pretesto era l'ordine pubblico e la pubblica incolumità manomessi e violati, in quello Dreyfus era stata la sicurezza nazionale dallo spionaggio minacciata.

I gesuiti francesi, non potendo mettere a morte con un buon autodafe l'aborrito giudeo (responsabile, come si sa, dell'uccisione di Cristo, commessa... dai suoi proavi) e per la architettata reità del quale si volevano riaccendere le lotte confessionali, avevano rimescolata tutta la poltiglia legittimista e clericale delle caserme galliche, per insozzarne il malcapitato. Ed erano, in realtà, riusciti a renderlo antipatico anche alle folle.

Le stesse macchinazioni i gesuiti di Spagna avean posto da tempo in opera contro Francisco Ferrer e contro gli istituti di educazione e di istruzione razionalista da lui fondati.

Egli dopo l'attentato della Calle Mayor aveva sfuggito al primo agguato tesogli; ma dopo le rivolte di Barcellona, lo sfondo tragico, in cui s'erano mescolate le insurrezioni morali disinteressate, e quelle torbide della miseria, si prestava troppo a collocarvi l'alto rilievo di codesto uomo, che era la personificazione di tutta una lotta fredda e metodica contro la fitta rete delle influenze cattoliche, strapotenti in Spagna, dalla scuola alla regia. E quell'altorilievo scomunicato diventava un ottimo bersaglio per i mauser del re.

Ah.. il re!... Quando gli parlarono della sentenza, forse tornava con gli occhi sollazzati dal sangue fumante dei tori, da una qualche corrida, fulgida sopravvivenza d'una pittoresca barbarie iberica, o da un volar d'aeroplano, beffardo d'ogni altezza e d'ogni maestà. Ah... il re!... Mi par di udirlo:

– «Aquel bandido de la Calle Mayor?.. Senores, hablamos, de la corrida...».

***

Scrivere fa biografia dell'uomo? Ciò non è possibile, con serenità storica; quando echeggia, ancora nella commossa coscienza contemporanea il rimbombo delle fucilate, che dell'uomo fecero scempio – mentre da quelle carni messe a brandelli, la figura morale dell'ucciso esce esaltata ed ingigantita nel quadro di quella eterna tragedia del pensiero, che nell'educatore Catalano ha avuto il suo più recente – ahimè non il suo ultimo martire!

Ma egli fu anarchico, nel senso più puro della espressione nel paese dove la violenza stataria si attorciglia in una più aspra tradizione di servitù e di prepotenza – egli fu agitatore razionalista nella palude spirituale del dogma, e fondatore di scuole laiche, fra quella selva di conventi e di congregazioni, che irretiscono ancora la terra di Filippo II. Fin dall'attentato di Matteo Moral egli era una vittima predestinata. E lo sapeva: il che rende vieppiù inverosimile una instigazione di qualsiasi natura, per parte sua nei moti della Catalogna.

Alcuni giornalisti, credendo di provarne la innocenza, escludevano ch'egli forse anarchico. Ed è così che si serve la causa della reazione, inconsciamente. Giacchè se si proverà, che un imputato di violenze materiali, professa le dottrine filosofiche, per le quali uomini come il Kropotkine e il Reclus divennero principi della scienza, pur dichiarandosi anarchici, si dovrà concludere che quell'accusato è autore di quei fatti. E sarà sempre per le opinioni che uno potrà essere condannato.

Altri giornalisti hanno trovato che il Ferrer non era simpatico alle folle; dimenticando che egli non appartenne mai al manipolo dei cercatori d'applausi o di suffragi, e che il lavoro di elevazione mentale e morale dell'infanzia proletaria a cui si era dato spendendo il suo denaro e la sua persona non era il più adatto a metterlo in vista delle moltitudini, ancora schiave della pirotecnica frasaiuola anzichè seguaci della cultura razionale ben più liberatrice che non sia la formula. Che ci vuol dunque per essere simpatici a codesti paladini del trono e dell'altare?

Fare sgretolar le proprie rendite dai frati e dalle monache, od anche dalle virtuose di caffè concerto è secondo essi, più saggio – che intendere con tutti i mezzi intellettuali e materiali, coi quali altri

49

cercherebbe rendersi lieta la vita, alla formazione d'una gente nuova, d'un popolo reso libero da tutto il bagaglio delle bestialità pietrificate nei dogmi della rivelazione e della vecchia scolastica, gettando le fondamenta d'una, vigorosa coscienza collettiva sulle granitiche alture, aperte verso tutti gli orizzonti della vita e della verità.

Ma questa sua animosa concezione dei problemi di cultura e di elevamento morale – lo ricordino i mandarini della letteratura timorata e savia – si collega a tutto quel sistema scientifico e filosofico, che porta la indagine e la critica all'esame di tutte le cose dichiarate insindacabili, dalle istituzioni per quanto venerande sotto il grigio cemento dei secoli, alle tradizioni per quanto care sotto le ghirlande intessute dai ricordi o dalle abitudini. E questo sistema, certo rivoluzionario, ma senza dubbio il solo veramente eroico nelle correnti ideali moderne, che è razionalismo nella scuola, e anarchismo nelle lotte politiche – e tanto più anarchico quanto meno armato di pugnali o di bombe – costituisce l'aculeo più audace ed operoso nei fatti e nelle idee di questa nostra civiltà in combustione; e rappresenta – strillino pure i questurini della opinione pubblica ben pensante – la più valida molla del nostro cammino in avanti..

Questo bisognava dire, ben chiaro, non per classificare il nuovo martire nel calendario d'una chiesa piuttosto che di un'altra. Ma per stabilire appunto che egli appartenne a se stesso ed alla legge intima dei suoi convincimenti; per fissare ancora una volta questa ironica verità: che codesto idealista dalle libertà spirituali sconfinate serviva con sacrificio e disinteresse una sua fede, una sua opera austera di edificazione d'intelletti – quando fu ghermito dalla prodizione della ben tramata accusa, travolto da codesta beffa sanguinaria di frati confessori e di capitani generali. A tradimento giudicato, condannato a tradimento con una procedura da pelli rosse. E a tradimento assassinato sull'orlo d'un fosso; senza che i giudici avessero avuto l'anima di leggere in faccia al mondo, che fremeva, la sentenza nefanda.

Ma quell'assassinio, udiste Don Alfonso, fu perfettamente legale.

Pure di fronte a questo delitto, che i facinorosi dell'ordine tentano ancora giustificare, noi non sentiamo guizzare nelle nostre anime le ataviche febbri della vendetta. Positivisti anche al ritmo di una poesia ben più alta delle povere strofe che ci sfuggono talvolta dalla penna, sentiamo nell'oscuro giuoco dei contraccolpi sociali il sibilo di qualche rimbalzo di piombo, verso i petti di chi tanto ne fece disseminare su bersagli umani: ascoltiamo salire un battito di cuore gonfio del proprio e dell'altrui dolore, vediamo un braccio levarsi dalla foresta misteriosa ed innumere delle braccia ignote... E colpire.. in alto...

Chi è che cadde?... Chi fu che colpì?... Arrestatelo, frugatelo – guardate con lo straccio di che libro fece stoppaccio all'arma.

Ebbene? Quando il sangue a pena asciugato nei fossi di Montjuich avrà chiamato altro sangue – e come un fato di tragedia Ellenica trascinerà il primo sconosciuto in rivolta a scagliarsi contro chi uccise; si inquisirà ancora una volta sul nesso tra l'atto e la dottrina di chi lo commise.

Ma nessuno vorrà riconoscere che l'esplosivo plebeo fu calcato con lo stesso foglio omicida sul quale quei tre gentiluomini della Corte Marziale di Barcellona vergarono la clandestina sentenza contro Ferrer. E il padre confessore si guarderà bene di sussurrare al capezzale del morente il cristiano: Qui gladio ferit, gladio perit.

Forse perchè quell'altro invece che di spada ha ferito di moschetto, ed or muore di rivoltella.

Ma nell'austerità dell'ora, noi leviamo lo sguardo dai sobbalzi della Nemesi ascosa nella multanime risacca degli odi e dei tormenti sociali – e non vediamo che la magnifica certezza, la quale fu viatico al morituro.

Francisco Ferrer incamminandosi verso lo spalto infame, poteva ben dirlo al frate molesto:

«Mi lasci, reverendo, non ho bisogno dei suoi conforti».

Gli fasciava lo spirito, imperterrito e sorridente per gli occhi e carezzevole nei motti cortesi, gli raggiava sulla fronte una serena virtù di presagio.

La civiltà moderna a cui fu buttata in faccia come provocazione del medioevo la salma insanguinata del martire; levi in questo giorno espiatorio gli occhi alla visione che sorrise innanzi alla incomparabile dignità di quel sacrificio.

Egli aveva sentito, in quell'istante di raccoglimento presso al distacco supremo, tutta la maggior grandezza della filosofia, che effonde la immortalità e la continuità della vita in una comunione superba dell'attimo coi millenni nel sempreterno, e dell'atomo umano con la esistenza infinita della stirpe. Si era accostato al misterioso trapasso del suo essere con quella religione superiore di chi ha lottato per tutta la vita al trionfo delle verità tangibili; ed allo spianarsi dei moschetti da cui doveva uscire lo strazio delle sue carni, ed il balzo nella tenebra dell'inconscio, aveva, più tranquillo di Gesù, non solo perdonato agli esecutori meccanici dell'assassinio (perocchè anch'essi non sapevano ciò che si facevano) ma li aveva incorati a mirar dritto, coronando con un motto di razionalismo eroico l'apostolato di milite meraviglioso e dimesso della scienza e della ragione.

Ma l'ultimo grido fu ancora la confessione del suo magnifico delitto: Viva la scuola moderna!...

E il grido, nel chiarore attonito di quel mattino autunnale, squillò puro come un vaticinio sul crepitìo secco dei mauser fucilatori; passò i fossati poltigliosi di fango e di grumi sanguigni, volò oltre le muraglie e le trincee, roteando sulla città stretta da una morsa di ferro e di terrore. E si irradiò, col rimbombo di mille tuoni, per tutte le vie della terra.

Non urlo di moribondo era quello; ma voce di resurrezione. E ne tremarono i banditi, che quella morte aveano voluto.

Egli non voleva, non legava ai violenti, ai giusti, ai liberi che questa terribile vendetta: ricostruire la scuola, la sua scuola; la scuola onesta e forte di tutte le razionali conquiste della modernità. Ricostruirla, come una fortezza di verità, come una rocca di bellezza ideale, contro tutte le antiche cittadelle di superstizione e di prepotenza: rifabbricarla innanzi alle officine fumose, perchè i figli di chi lavora apprendano che la ricchezza sociale non è che il prodotto della fatica e dell'ingegno umani; innanzi alle caserme, perchè i giovani a cui domani verranno poste in mano delle armi, sappiano che gli altrui petti son sacri, che le altrui vite, cittadine o straniere, son preziose alla civiltà, agli affetti, al progresso; e che la guerra non è che una delirante, reversione verso la crudeltà e la brutalità primitive – innanzi alle chiese, infine, perchè i fanciulli imparino che non un premio celeste deve stimolare al bene, ma la sicurezza che dalle opere utili e buone verso la convivenza civile si avvantaggierà materialmente e moralmente l'individuo e che non il timore d'una pena, occorre a rendere odioso il male, quando tal si considera ogni azione dannosa ed ingiusta verso gli altri, come un'offesa alla solidarietà della specie, dal cui sviluppo e dalla cui felicità dipendono lo sviluppo e la felicità dei singoli.

E la sua fede austera nel trionfo indeprecabile del vero, anche se acre conto le illusioni dell'antico sogno eliseo, la poesia severa del sacrificio consapevole ardevano come fiaccole votive su quell'argine più tragico d'una vetta solcata dalle folgori, più solenne d'un altare nelle pasque più dense di simbolo – e quella coscienza diritta e temprata ad una milizia ben più fiera di quella soldatesca, che la violentava di morte al semplice abbassarsi d'una spada, si tendeva con l'impeto d'un arco schietto verso la riedificazione giustiziera, verso una gigantesca rinascita della sua opera umile e lucente di dissodatore e seminatore fiducioso.

Rivoluzione certamente di cui era stato arciere mansueto e convinto in quel suo profondersi a liberare le piccole menti dalla tirannia dei pregiudizi, dal servaggio dei fantasmi dell'al di là, dal crepuscolo delle mezze verità foderate di menzogna; rivoluzione spirituale indispensabile, perchè i servi liberati dalle catene della dipendenza economica, e dalle pressoie della invadenza stataria non rimanessero liberti, anzichè integrare la loro libertà economica e politica in una più eccelsa libertà degli intelletti.

Rivoluzione infine più grandiosa di quella che non sia il semplice rovesciare decrepite istituzioni ed infrangere secolari barriere di iniquità – giacchè queste e quelle appunto sul crepuscolare stato di inscienza delle moltitudini credule e servili fondano ogni loro possanza di dominio e di sterminio: e guai alle rivoluzioni che non sono al tempo stesso trasfigurazioni della vasta anima collettiva e che non piantino la bandiera, prima che su mine fumanti, su legioni di volontà sorrette da una grande energia di bene, e illuminate da una viva luce interiore.

In questo ardente soffio di resurrezione freme inassopito l'estremo anelito di Francisco Ferrer.

Dalla rivista Il Pensiero

AL DI LÀ DEL PATIBOLO

(Pei martiri di Chicago)

A là viltà della retorica, sia essa conservatrice o rivoluzionaria! E quanta noi pur ne facemmo, o amici, che mi chiedete uno straccio letterario per la memoria di quei morti! E ne faremo ancora! Non però le ghirlandette dei crisantemi cari alla stagione grigia che corre, ed alle penne ploranti dei necrofori acratoidi – su quella fossa, che chiuse or fan vent'anni, le salme dei più puri combattenti del proletariato d'oltre mare, e il delitto più obliquo che abbia compiuto la grassa repubblica del dollaro, in quella sua rapina ascendente, contessuta d'usure Scylochiane e di cupidigie Cesaree; su coteste ombre enormi turbinate giù dal patibolo, tra le folle fameliche di pane, sitibonde di luce, non più ormai le omelie del dolore, le orgie di sterile iracondia verbale.

Essi uscirono dal grande dramma umano, per entrare nella Storia.

E la storia non si commemora; si vive. Vero è che il più delle volte s'ignora.

Vero anche, che a qualche antropoide delle regie procure italiane, accusante d'apologia di crimine il rievocare la data e gli uomini dell'11 Novembre 1897, pochi accusati seppero gettare in faccia, che misfatto giudiziario indelebile veniva bensì riconosciuto e proclamato ufficialmente, alcuni anni dopo il supplizio, il processo ed il verdetto di Chicago, da un'inchiesta ordinata, sotto la pressione della indignazione pubblica, dal presidente dello Stato dell'Illinois. E delinquenti, dai quali quelle nobili esistenze erano state per la forca comperate a peso d'oro, ad opera di un trust di Cresi della Porcopoli, risultarono quei leggiadri citizens del giury condannatore – delinquenti che sfuggono ad ogni classificazione dell'antropologia criminale, come quelli che formano il ceto atroce della gente per bene.

Occorre dire che il capestro non strozzò quelle voci? O dimostrare che il loro silenzio è più eloquente delle loro parole?

Ho fissa in uno specchio nitido della memoria, una folla cupa di minatori uscita allora dalle caverne del diamante nero, che fa onnipossenti sulla terra e sul mare le plutocrazie NordAmericane.

A cotesta folla una donna parlava. Era la vedova di Parsons, la soave e forte M.rs Lucy, che si era accompagnata a me in un giro di propaganda rivoluzionaria, che stava compiendo sul finire del '95 per le regioni minerarie dell'Illinois.

Essa parlava in inglese, ed il maggior numero dei suoi ascoltatori, era gente rozza, venuta da ogni angolo della terra: italiani, tedeschi, belgi, negri, malesi. Eppur tutti, anche quelli che non comprendevano, erano intenti, quasi assorti in una luce di vaticinio. Era la compagna dell'impiccato senza macchia e senza paura; era la raccoglitrice pietosa ed eroica delle ultime parole, del supremo respiro di lui... Era lui dunque, era ben lui che parlava ancora dalla bocca della donna amata. Alcuni, che lo avevano udito anni prima, ne avevan vivi nel cuore l'eloquio, l'accento... Altri ricordavano l'insegnamento virile..: Era ben quella la lezione sincera delle cose, la forza ferrata di ragione, ed irradiata d'ideale... Essi sapevano, essi ricordavano.

Ciò che assai più tardi alcuni anarchici e socialisti Francesi ridissero, battezzando la cosa per sindacalismo, onde, per la esportazione mondiale, la merce recasse la marca Parigina – essa lo esponeva con la fierezza del sillogismo Anglosassone fuso nel crogiuolo coraggioso della praticità yankee.

L'azione diretta delle unioni di mestiere, la pressione incessante, economica e politica, delle masse operaie, per la conquista di sempre maggior benessere di sempre maggior libertà, l'agitazione popolare duplice e cosciente contro le due grandi violenze nemiche del proletariato: la denominazione capitalistica e quella stataria – tutto infine, tutto quanto, più incompletamente e meno valorosamente, più tardi si volle far passare come novità, ascoltai quella sera nel discorso di Lucy Parsons, innanzi a quella fuligginosa mareggiata umana.

E quando la donna ebbe terminato, un canto, triste e lento come una salmodia di morte, si levò da migliaia di quelle bocche oscure, come un soffio di sollevazione che venisse dall'ignoto, dal mistero del non essere. Era il canto di Parsons, come lo chiamano dall'Hudson a Golden Gate, l'inno ribelle che egli aveva composto, nei presagi della forca infame.

Esse tornavano, esse tornavano le memorie, le parole, le ombre giganti. La folla le vedeva, le sentiva nella notte – ne ascoltava, attonita, l'anelito colossale.

E un grande raggio inondava i dolori, e le speranze, onde la storia degli uomini s'intesse – una grande aurora si levava da quelle forche, a cui Victor Hugo, maledicendo, non riuscì a strappare le vittime, pure come il loro sogno....

In faccia a quel bagliore, come ti sei fatto sanguigno e piccolo, o faro della libertà, eretto a scherno dei naufraghi lontani, sul porto della cosmopoli!...

Rosignano Marittimo, Novembre 1907.

FRA UN ANNO E L'ALTRO

Seguiamo pure la consuetudine, facciamo anche noi della retorica, oggi.

Ma non sia la retorica dei soddisfatti, dei parvenus; non sia il lirismo delle pancie satolle e dei cuori aridi e vuoti.

E giacchè la sorte ci contende ancora di poter dare dei veri e propri colpi di piccone livellatore alla baracca delle odierne iniquità sociali, riprendiamo la dolorosa e frasaiuola guerra della penna.

***

E bolliamo, prima, d'infamia i fatti e gli uomini, che nel nono anno di questo primo decennio del secolo nuovo angustiarono il genere umano e ne macchiarono la nobile storia.

Ma chi potrebbe oramai riprodurne la serie infinita e varia?

Dall'ultimo eccidio di Platici, in cui petti di lavoratori inermi furono spezzati dal piombo della madre patria, nel meriggio luminoso delle terre meridionali, alle tragiche fami della Russia santa e czaresca, il cui governo amoreggia con quello della Francia democratica, maledetti ambedue dai refrattari ignoti dei bassi fondi parigini e dalle torme eroiche dei deportati in Siberia, – dalle crisi spaventevoli imperversanti con feroce ed inesorabile ritmo a traverso l'Europa, alle continue grassazioni subite dai lavoratori troppo pacificamente insorgenti, per opera dei capitalisti, delle polizie vendute ad ogni più crudele capriccio delle classi dominatrici, – dal fatto complessivo ed immenso, sintomo palese di un enorme disfacimento economico, politico e morale, al fatterello di cronaca minima e locale, insignificante all'occhio inesperto dei superficiali, ma denunziatore di cause profonde e generali allo sguardo acuto e indagatore del sociologo, – è tutto un motivo continuato di dolore.

Ricordiamo ancora: dopo il cataclisma atroce delle due città sorelle, laggiù, sullo stretto, l'altro più feroce, poichè venuto dagli uomini, dello sgoverno e dello spreco dei frutti della carità universale. E sullo scorcio dell'anno, tra la viltà politicante dei più, la venuta dello Czar invano deprecata e l'abbraccio bugiardo datogli tra una selva di baionette inconscie in nome d'un popolo assente e nolente. Ed oltre monte ed oltre mare altre tragedie ed altri martiri: il giovane intellettuale indiano che sconta un sogno di libertà della patria lontana e misteriosa per mano del boia della libera Inghilterra, e poi l'uomo di pensiero di Barcellona ribelle che sale il calvario di Montiuich e muore, spezzato il cranio dai moschetti del militarismo costituzionale spagnuolo. In Francia, ove le fucilate sui lavoratori inermi di Villeneuve risuonano ancora lugubremente, le rappresaglie repubblicane contro i postaltelegrafici insorti in nome della dignità offesa, non sono impedite dalla presenza al governo del cittadino Briand, che pur or non è molto istigava gli operai alla rivolta. E infine, di là dall'Oceano, dalle Americhe, giunge l'eco di più feroci persecuzioni al pensiero: la propaganda e la libertà di sciopero manomesse nel Nord a colpi di bastone e soppresse al Sud con gli stati d'assedio, gli arresti in massa, le deportazioni e le espulsioni.

L'anno è finito così, senza rimpianti ma tra memorie melanconiche, tra lacrime e lutti; esso ha raccolto nel breve giro dei suoi dodici mesi una congerie sì multiforme di grandi e piccole ignominie, da farlo apparire, nella sua borghese e pacificamente infame onestà, come un ipocrita e sinistro colpevole innanzi al tribunale della storia.

***

Che sarà chiamato a rappresentare il nuovo anno, che ascende su per la infinita spirale del tempo? Qual posto avrà nella storia degli uomini?

Chissà!

Sono quattrocento e più anni, da che Cristoforo Colombo apriva alle speculazioni ed al commercio dell'Europa la via delle Americhe ubertose.

Lui pure, ribelle indomito, irridevano i sapientoni, i potenti e le zucche coronate. A lui pure il volgo acefalo dalla coscienza pavida gridava dietro: al pazzo, all'empio. Per lui altresì ci furono le trepidanze interminabili dell'apostolato, i vaneggiamenti angosciosi della idea non compresa, derisa, e gli esili sconsolati lontano dal suo fulgido golfo.

Anch'egli conobbe – e non volle piegare – le ansie tremende di una lotta ineguale contro i vili, gli sciocchi, i governi, e le fraterie, contro le ire degli uomini presuntuosi, ed i furori d'ignoti oceani. Ma provò almeno, dopo tanti sconforti, la gioia suprema di sentire, dall'alto della vedetta, il grido, che gli ripercuoteva nel core, lungo le sue notti insonni e pericolose: «terra, terra». E potè vedere sull'orizzonte azzurro il profilo luminoso della regione sconosciuta ed agognata, il sogno di tutta la sua vita, l'ideale della sua giovinezza, il nuovo mondo, la terra promessa, che doveva poi chiamarsi, ahimè non dal nome di lui, America.

Così il marinaro ardimentoso e sublime, schiaffeggiava con la realtà della scoperta grandiosa le ironie piccine della scienza ufficiale e patentata, così trionfalmente rispondeva a quelli che avevano chiamato follia, utopia la poderosa divinazione del suo genio. Il ribelle, testè deriso e spregiato, aveva vinto.

Che importa – dopo tutto – se la terra promessa, l'America vergine, fu poi calpestata dalla conquista straniera, dalle ingordigie della vecchia Europa, invasa da orde di uomini pallidi sterminatori delle eroiche e forti tribù anarchiche delle Cordigliere e delle Pampas? Che importa se gli eroi macellari prima, gli eroi milionari poi, portarono al di là dell'Atlantico tutte le vergognose cupidigie della vecchia razza Ariana, dalla sete dell'oro all'avidità di dominio, dalla frode alla vigliaccheria?

Che monta, se perfino nella Unione Democratica del Nord – repubblica federale a base di suffragio universale, o repubblicani d'Italia! – la infinita povertà delle moltitudini lavoratrici va di pari passo con la sfrenata accumulazione della ricchezza capitalistica ed industriale in mano di pochi ingordi speculatori, che s'impinguano col prodotto delle fatiche altrui?

Che vale, se a NewYork l'eterno Lazzaro il diseredato della leggenda dei secoli, deve pur contentarsi delle briciole di pane e degli ossi spolpati che gettano sotto la tavola ai cani ed ai poveri gli epuloni miliardarii della repubblica dalle trentasette stelle, e se a' giovani valorosi, non d'altro rei se non di avere fortemente amato e combattuto per la Umanità, il boia repubblicano soffoca, quando occorra, come a Chicago, – ricordo ormai lontano ma indelebile, – sulle forche, i palpiti magnanimi e le ultime parole recanti la buona novella dell'avvenire?

Che importa, se i contadini d'Italia, cacciati dalla pellagra e dal bisogno da questa terra, che già resero per tanti anni feconda, mercanteggiati, un tanto a testa, dai moderni negrieri di schiavi bianchi, e gettati sulle lande immense del Brasile, trovano nella patria nuova nuovi disinganni e sofferenze?

L'audacia rivoluzionaria, – e pensatamente diciamo rivoluzionaria, – di Cristoforo Colombo e il fatto della grande scoperta dovuta al suo ardimento, resteranno, malgrado tutto, una lezione edificante per i dogmatici e gli interessati shermitori della Utopia.

✳✳✳

Quali saranno, o Popolo, le tue sorti lungo l'anno che nasce?

Quali le vicende della navigazione eterna alla conquista dell'ideale?

Tra le insidie e le minaccie dei potenti, gli scherni delle consorterie gesuitiche ed interessate, il fastidioso dispregio della gente per bene e degli uomini serî e pratici, fra le blandizie dei falsi amici e l'odio occulto delle coscienze cortigiane, potrai, vorrai tu, o popolo, salpare arditamente alla conquista del nuovo mondo, ove fruttifica, fecondato dal santo sudore dei liberi, l'albero del pane e della fratellanza?

Potrà L'idea liberatrice, – nuovo Cristoforo Colombo della modernità, – sentire dalle vigili scolte scrutanti l'orizzonte dell'oceano sociale il grido consolatore di terra, terra, vedere le coste verdi e splendide del continente nuovo, e piantarvi, in nome dell'Umanità, la sua bandiera?

O popolo, l'oceano è tempestoso; e noi siamo poveri naviganti perduti nell'immensità; il ciclone dei rancori e degli odii flagellerà i fianchi delle misere caravelle, il vento sibilerà le sue sataniche irrisioni ai nostri orecchi, i marosi schiaffeggeranno i nuovi argonauti, l'oceano forse ci seppellirà ne' suoi abissi infiniti; che importa?

Noi abbiamo la fede tenace e battagliera del navigante ligure. La fede, che la terra non è lontana. Chè qualcuno, anche se molti periranno per via, dovrà pure arrivarci. Avanti; o popolo, a furia di braccia e di audacia. Osare: ecco il segreto d'ogni vittoria.

✳✳✳

Ed ora fa proprio mestieri dire a chi auguriamo il buon anno e a chi il mal anno?

Per gli amici sarebbe un complimento troppo freddamente ufficiale, per i nemici una sgarbatezza troppo borghese.

Oh, tu, nuovo anno, dalle pagine della tua storia ancora immacolate, possa veder noi, lungo la tua vita fortunosa, combattenti ognora senza esitanze e senza paura sotto la ribelle bandiera che ti salutò nascente.

Portoferraio, 28 Dicembre 1909.

VENTI ANNI DI STORIA

(Pel 1 ° di Maggio)

Quante speranze, e quante paure – vent'anni or sono – all'appressarsi della prima alba di Maggio!...

Nel congresso operaio internazionale dell'anno precedente, il fatidico '89, in Parigi, i cavalieri del lavoro che vi rappresentavano le trade's unions e NordAmericane, avevano lanciata la proposta, accettata alla unanimità, di dichiarare il 1° Maggio, ricorrenza solenne di solidarietà mondiale dei lavoratori, giorno sacro alle fedi ed alle proteste di rivendicazione del diritto nuovo, la Pasqua Rossa, non di sangue, ma dello agitarsi, purpureo di tutte le operosità utili e buone, di tutte le energie vigili per una purificazione di questa civiltà vieppiù caotica nei suoi rapporti di giustizia distributiva, ma ognora più possente di vigoria produttiva, in quel suo fatal divenire ossatura e fondamento della società materna di domani.

La data entrò così nella storia: nella tormentata storia di questo principio di secolo, con le sue alternative di balde impazienze e di accidiosi sopori.

Tornò, d'anno in anno, col serto floreale non più delle frolle Arcadie ma dei garofani accesi nelle febbrili giovinezze – tornò, ad ogni sbocciar di fioritura, ad ogni riverdeggiar della terra, tra le imprecazioni dei pavidi, i lazzi dei lepidi, il terror degli imbelli; ed ascese, tra i due secoli – quello che moriva, e quello che nasceva – col vanir delle illusioni soverchie, e col placarsi delle prevenzioni feroci, verso un equilibrio moderatore degl'impeti generosi, pur fremente e premente sul vecchio mondo, nel fluttuar tranquillo e formidabile delle moltitudini, ogni anno di più conscie della propria forza e della propria responsabilità.

Il significato profondo e gentile che i cavalieri del lavoro d'America avevano voluto imprimere alla manifestazione ricorrente ad ogni primo Maggio era pur quello di una lotta, che aveva commossi alcuni anni prima le grandi città del Nord, con la vasta agitazione operaia per le 8 ore di lavoro, e che si era chiuso con l'olocausto dei cinque eroi, appesi, sul mattino dell'11 Novembre dell'87, alle forche inalzate in Chicago dalla plutocrazia dell'Illinois.

***

Era la prima volta, che nella oscillazione degli eventi umani saliva un ritmo universale di cuori avvicinati, a traverso gli abissi del mondo e le barriere della cecità collettiva, da una concezione nuova di ciò che battaglia nelle viscere degli interessi in contrasto, e di ciò che risplende oltre le vette delle competizioni di classe o di razza.

Non tutti quelli, che scesero per le strade e per le piazze solatie al nobile appello del novissimo patto, avevano penetrato tutta la complessità dei problemi che ondeggiavano con le bandiere sulle folle, nè avevano, in quei primi anni, inteso tutta l'altezza simbolica di questa celebrazione, semplice e pure immensa.

Gli altri, dall'olimpo delle ignoranze ufficiali, avevano fiutato odor di picrati e di marmitte a rovesciamento.

Era vento di fronda, non di sommossa, che alitava su le orifiamme scarlatte, le quali parvero lingue d'incendio ai trepidi. E, qua e là, a sbalzi periodici, da frontiera a frontiera, furon viste le canne dei fucili abbassarsi.

E il lampo del sole sulle armi delle denominazioni precorse uno scoppio di fucilate sui petti inermi, su mani protese, su braccia imploranti...

Il piombo fu da molti, e per molto tempo, ritenuto l'argomento più idoneo a spezzar l'urto molesto nelle bocche imprecanti...

Ieri, ahimè, sì, – e il ventennale ricorso storico, che si tinse come tutte le aurore di vermiglio, palpita sulle anima con tutta la poesia del sacrificio...

Oggi, domani ancora?...

Disperdano le miti aure di Maggio il dubbio nefando.

E mentre le folle risalgono l'erta dei ricordi, in questo giorno pieno di presagi – i fratelli (oh ascoltino il battito dei loro cuori sotto le lucenti divise!) appiedino le armi.

***

Ridire la storia di questo ventennio di lotte, nella vicenda alterna delle vittorie e delle sconfitte, rievocare, gli episodi della giornata riassuntiva – in questa ventunesima calenda del Maggio operaio – delle sottili conquiste conseguite, e di quelle giganteggianti nel grembo del futuro incoercibile?

Ricordare le non poche illusioni perdute, e riaccendere la indomita febbre delle rivincite? Certo, il cammino fatto è grandioso – ma quali pendici ardue, quali impervî sentieri occorre tuttavia conquistare!...

La famiglia operaia, senza dubbio, sta faticosamente sollevandosi verso una coscienza superiore della sua missione storica, nell'accelerato evolversi della società industriale... Ma occorre parlarle ben chiaro, pur nel giorno delle rapsodie ardenti; occorre svelarle altresì le verità amare.

La trasformazione delle condizioni materiali della vita, che farà dell'operaiomacchina, un libero produttore associato per il maggiore sviluppo del benessere individuale e collettivo, resulterà – è vero – una palingenesi anche delle facoltà morali oggi atrofiche, il più delle volte deformate, di una parte della massa proletaria.

Ma a questa conviene coraggiosamente insegnare una ginnastica, mentale più difficile e fattiva, che non sieno i volteggi verbali intorno alle barre, anche se ferree, della dottrina di Marx, o della teoria di Sorel. Fa d'uopo agguerrirla contro nemici interiori più pericolosi degli stessi padroni esterni; organizzarla contro il fosco dominio spirituale delle bestialità ereditarie, delle follie acquisite, di tutto infine il detrito di miseria fisiologica ed intellettuale, che il passato ed il presente stratificarono, con la servitù, sulle classi mancipie... La rivoluzione (giova insegnare a quelli che se ne riempiono le gote) occorre avvenga nei cervelli e nei cuori di quella che vuol essere, che dovrà essere la gente nova – perchè non solo nella vecchia impalcatura sociale è il marcio, che ammorba l'aria e l'iniquità che intristisce la vita; ma tabe di morbi morali profondi serpeggia pur anche nelle moltitudini insorgenti contro la oppressione esterna, inconsapevoli tuttavia che una tirannide di pregiudizi, di intolleranze, di oscuri appetiti (oh la fame cronica ne è la sinistra genitrice, sovente!...) avvinghia con prepotenza inavvertita gli animi, e deforma spesso gli atti anche di quelli, che pur si professano (e l'illusione è sincerità) araldi di libertà.

59

Ma dopo le rampogne fraterne di quelli che bevvero un po' di saggezza nel mare amaro delle realtà – riscintilli nello zaffiro del giorno soave la salutazione dei nostri giovani anni, e lo squillo argentino della tromba evocatrice segni la cadenza della marcia eroica, misuri il passo delle folle in cammino.

E la canzone, che lanciammo in quelle prime aurore del risveglio proletario, sia il fiato che bacia le nostre bandiere, coi rezzi del monte e del mare, e saluti la rassegna delle nostre forze, che arditamente si lanciano alla conquista dell'avvenire.

Forze di grandezza e di giustizia. Forze di muscolo e di pensiero, da cui si sprigiona l'impulso immenso del meccanismo mondiale, che perfora i monti, e signoreggia sugli oceani coi prodigi della pironautica e colle audacie della elettrotecnica – forze che martellano sugli ordigni giganti della produzione e degli scambi, che cementano le mura enormi dell'urbe o della necropoli, che trasportano frammenti di nazione e spicchi di città da un capo all'altro del mondo.

Forze, che cesellano i metalli preziosi che intessono le meraviglie seriche, che dentellano i merletti prodigiosi.

Forze rudi e gentili, che preparate e maneggiate il vomere e la baionetta, forze militanti in casacca o in divisa, per la vita o per la morte – o forze palpitanti che siete le colonne porfidee della civiltà; braccia e cuori di fratelli noti ed ignoti, prossimi o lontani, levatevi in fascio, ed inchinate le bandiere purpuree.

Nell'aria corrusca di raggi e di cantici ripassano i primi vent'anni della vostra storia!

Portoferraio, Aprile 910.

Sia detta la verità dolorosa: il sole è ancora lontano. Tuttavia esso è già in cammino verso di noi. Il levante come il ponente sono ancora cupi sulle nostre teste – ma una splendida certezza guida i nostri passi nel buio.

Laggiù dovrà affacciarsi il chiarore: poi il raggio grande.

Ma la verità coraggiosa deve esser detta. L'aurora è pigra a venire: e gli uomini son vieppiù sonnacchiosi. Il sonno più dolce è quello del mattino.

E vegliamo dunque, mentre i molti dormono. Vigiliamo noi, anche se la febbre ci brucia la fronte, vigiliamo dagli spalti delle virili speranze, contro la tenebra che osteggia. Il sogno immenso ci brilla negli occhi, aperti nella notte, aperti sul meriggio che verrà – aperti sulle grandi cose lontane, tra le quali, infuturandoci, viviam con lo spirito.

Oh sogno nostro! Sfiora le ossa dei morti, che un dì con noi ti sognarono, raminghi per il mondo, cacciati dalla bufera sociale; porta il nostro bacio alle labbra dei fratelli d'arme, che ti serbaron fede. Sui piani, pei colli e pei monti, nelle città rumorose e nelle campagne silenti, lungo i mari, ovunque, t'imbatterai nei manipoli sparsi.

Uniscili nel palpito comune. E sotto le fronti, cui solca già la cura del tempo o del dolore, suscita le memorie dei giovani anni, che di te scintillarono.

E batti al cuore di coloro, che ti hanno negletto, perchè credettero più audace e più nobile affermare i bisogni bestiali che quelli ideali dell'uomo – e sussurra a quegli altri, che ti scacciaron come chimera, che le chimere intessono di fili d'oro la trama della storia.

E batti le ali, o sogno nostro buono, per le terre più lontane, e per i mari più remoti. Oggi il tuo volo possente, sollevandosi oltre il fango delle azioni basse e dei bassi pensieri, fa balenare su tutte le frontiere e su tutti gli orizzonti, la maestà della Stirpe. La Stirpe che perpetuò nella ingiustizia dei secoli le antitesi feroci del dominio e del servaggio, dell'ozio satollo e pletorico e del crucciante e famelico lavoro: la Stirpe, che nella tormentosa ascensione millenaria, andò apprendendo – tra le uccisioni e le resurrezioni – la sua unità inviolabile, ancora straziata dal contrasto degli interessi, e dalla divergenza delle mète, per molto tempo ancora rinnegata dalla cecità delle superstizioni e dalla brutalità delle cupidigie, ma invocata ed auspicata forza vindice e rivendicatrice della riconciliazione suprema dell'individuo con la società e d'essa con lui, nell'equilibrio degli interessi, e nell'armonia dei diritti.

Sogno adunque?... Ora e sempre? Sogno, ahimè, sì – finchè tanta notte incombe, – sino a che tutti il tenebrore della fede nell'assurdo, e della ignoranza delle verità scientifiche e razionali ingombrerà le menti.

Ma sogno non più, quando fattosi l'albore – gli occhi umani vedranno le cose, che prima non scorsero. Essi scuopriranno i campi arati, e le case costruite dagli uomini, e poi, quanto più l'alba si accenderà nell'aurora, ravviseranno, raminghi qua e là per il mondo, senza un campicello e senza una casa, i figli di coloro che incallirono le mani ad aprire i solchi, od a fabbricar le muraglie; e più tardi, quando l'astro ravvivatore sfavillerà sui vertici, le cose alte e le cose piccole si tufferanno tutte in quel mare di raggi – le verità umili e quelle eccelse ne diventeranno lucenti. E la luce squillerà la diana d'ogni discoprimento, d'ogni conquista, d'ogni bellezza.

Ed i sonnacchiosi leveranno il capo, e gli occhi che non videro beveranno le luminosità rivelatrici – e quelli che presentirono il sole, nelle paurose profondità della notte, lo saluteranno tra lacrime di gioia, come realtà vittoriosa.

Anche sull'alba delle nuove calende di Maggio, per la quale intessete (o amici lontani e dei quali pur sento d'appresso l'anelito fraterno) e sull'aurora in faccia alla quale sventolerete, come orifiamma di combattimento, questo foglio d'incitazione e di evocazione valorosa, trasvoleranno le strofe dei liberi, palpiteranno i presagi solenni.

Ma la grande luce, che fascia i corpi e bacia le mani affaticate nell'edificazione enorme, non è ancora la luce intera, la luce ideale, che penetri le menti, che infiammi i cuori. Nella sua realtà fisica essa nondimeno rimane nulla più che un simbolo, e sulla tragedia sociale non è che l'annuncio d'un vaticinio. E sia...

Dunque al bivacco, oltre l'accampamento su cui freme il respiro ampio del sonno notturno, alle linee avanzate, o commilitoni cui il sonno non vinse alle trincere estreme che vigilano di contro al silenzio nero con le sanguigne occhiaie dei fanali accesi di fronte al nemico, tra l'ignoto e la morte.

Pure, in coteste piccole fiamme, ardenti come lampade votive, per questa vigilia d'armi, ondeggiano gli scintillii del domani, covano gli alti incendi irradiatori della battaglia – sfolgorano, in atomi germinatori, le possanze siderali, che al di là di questa esigua e fuggitiva notte terrestre, inondano di raggi e di fulgori il cammino fatale dei mondi.

Essa pure cammina, la terra – la patria esigua di sì smodati orgogli. E le società umane con essa.

Il rotear di questa, come i moti di quelle si chiamano rivoluzioni. Quando?

La diana irrevocabile, tutta squilli e bagliori, aleggia verso i nostri destini dalle tacite profondità dei cieli.

Protendete le animose teste dall'estremo avamposto, o scôlte veglianti. Udrete lo scalpitio degli eventi che si avanzano.

Nelle anime insonni il sogno nostro buono arde come una fiaccola.

Portoferraio, 1° Maggio 910.

IL MARTIRIO DI CHICAGO

In un'alba fredda e nebbiosa, nella grigia luce soffusa sinistramente all'orizzonte, nereggiano quattro patiboli.

Ahi, Chicago crudele e bugiarda, la tua stella bianca si offusca nel cielo azzurro delle repubbliche NordAmericane!

Tu uccidi vilmente dei corpi umani, per soffocare l'idea che li faceva sembrare giganti.

La tua borghesia, trepidante pei tesori sottratti al sudore de' paria, minaccianti la reintegrazione civile, sguinzagliò contro innocenti apostoli di verità e di giustizia i suoi cagnotti.

Spie, traditori, ruffiani, maffiosi, e simili lordure, uscirono da' tuoi lupanari, dagli angiporti oscuri, dalle taverne fetide, dagli abituri foschi, e per un pugno di rame accusarono i martiri, chè i Giuda non valgon più argento a' dì nostri. Li accusarono di delitti commessi dalla polizia, assoldata e prezzolata per conto di privati e per loro mandato, dai bassi fondi onde fu tratta, uscente anch'essa, a mentire dinanzi a tribunali d'infamia, enuncianti sentenze di morte, pagate dai Cresi, volute da governanti, fabbricate da questurini.

Vedi potenza nefasta dell'oro omicida più che il ferro, in una repubblica non meno borghese di un impero autocratico!

Tu insozzasti di sangue e di lutto la tua stella curata, o Chicago!

Tu sola?

Oh, no, le glorie e i fasti del sangue e del delitto, non hanno confine all'Orenoco.

***

Ricordo:

Dinanzi a quelle forche biecamente protendenti il braccio e la corda, orgoglio di un boia, onta di tutto un sistema e di tutto un popolo, che lo sorregge o lo tollera, stanno puntate contro i petti inermi di centomila plebei frementi tutte le artiglierie, tutte le bocche a fuoco della... serenissima repubblica.

I suoi armigeri tutti, sono sotto le armi, nel Trafalgar sterminato, pronti ad un cenno, a rinnovare le sanguinarie gesta del 27 aprile e 4 maggio in Haymarket, di truce memoria.

Il cielo plumbeo stilla lagrime silenziose sulla plebe gemente, lì presso le moderne croci.

Chi sta per risalire al Golgota de' nuovi Farisei?

Non uno solo, non basta un martire oggi alla causa della redenzione di un popolo, alla crudeltà degli aurei Sinedrii.

Quattro sono le croci e doveano esser cinque. E l'altra?

Lo scoppio di una capsula di dinamite, il tonfo di un corpo esanime al suolo, nella cella cupa e solitaria, l'arretrarsi pieni di spavento di tutti gli aiutanti del boia vestiti in gonnella ed in toga, che si eran recati a visitare il suicida, resero inutile l'opera del carnefice.

Sia gloria a Luigi Lingg! La tigre borghese non contaminò il suo cadavere con l'alito felino.

Sia gloria a lui e gloria agli altri che la morte subirono serenamente, – a Parsons, a Fischer, ad Engel, a Spies!

Nè mancano le pie donne piangenti dietro le croci...

Ma se i Giudei e i sergenti permisero che sul Calvario e fino ai piedi della croce, esse potessero recarsi a consolare l'agonia del Crocifisso; agl'impiccati innocenti si nega il supremo conforto. Altri, il prete repubblicano, lo darà loro.

E lo respingono, perchè nel divino conforto non credono e dell'umano non abbisognano.

«Onore, morte e gloria; per tutti loro». Così scrisse la storia a caratteri d'oro.

E le pie donne vengon respinte dal patibolo dai tetri scherani vestiti da uomo.

Ecco Sofia Neebe ed Enrichetta Parsons, coperte di brune gramaglie, più che piangendo, fulminando, col guardo minaccioso e corrucciato tutti quegli empi arnesi di tortura e di morte! Ave, o valorose donne, l'esercito proletario, gli anarchici cavalieri della morte, vi salutano animosi, audaci, pur con la corda al collo, dall'alto del patibolo!

Eccoli: il boia della borghesia non vuole che essi parlino al popolo. Non monta: pria che il nodo scorsoio li strangoli, que' grandi sanno scagliare al mondo vigliacco, coll'«evviva» supremo, la suprema sfida.

Guai al vecchio edificio che barcolla fra le imprecazioni de' morituri!

I singulti del popolo vengono coperti dal lugubre rullio de' tamburi funerei.

E l'alba gelida dell'11 novembre 1887 è passata stendendo un velo di lutto sulla terra e dando il più terribile urto a questa vecchia carcassa ch'è la delittuosa società che ci opprime.

***

Vestite le brune gramaglie, o fanciulle del popolo, spargete l'aroma soave delle più care memorie, o nostre donne gentili, su quelle tombe inobliate, in questa decade triste su quei talami coperti di mirti precoci... e piangete pure a lacrime calde sui nostri morti. La timida giustizia di un onesto governatore dell'Illinois riconobbe l'innocenza degli assassinati dalla forca rossa in Chicago e liberò i superstiti: ma i rei di omicidio, di fellonia non furono puniti, le vedove morirono o morranno di crepacuore o di fame e... il giuramento di quel giorno non fu adempiuto ancora.

Lo ricordino mestamente gli anarchici, ed i protervi disseminatori di equivoci e di diffidenze fra noi imparino dalla memoria di quei valorosi come invero debbasi operare il bene, pur facendo meno verbali dichiarazioni di guerra al mondo delittuoso, che, per quanto vecchio ed esoso, sogghigna vedendoci inerti, improvidenti, dottrinari soltanto in atteggiamento di eroi.

Ricordiamocene.

Portoferraio, novembre 1910.

Ai compagni anarchici ed ai repubblicani di Fabriano.

Invitato dagli amici di codesta gentile città; venni di gran cuore sperando che la mia povera parola portata in libere adunanze di popolo, quali quelle che in Fabriano si tenevano per onorare Giuseppe Mazzini, avrebbe, tenendo alta la bandiera della mia fede sociale, contribuito a dissipare degli equivoci deplorevoli tra le idee degli uni e quelle degli altri, pure conciliando gli animi dalle consuete asprezze della intolleranza settaria. Ospite oscuro, e pur cortesemente accolto dai promotori della manifestazione, ai miei doveri di ospite io non mancai. Ma potevo io, benchè milite ultimo della legione rivoluzionaria, tacere, quando l'oratore che doveva commemorare Giuseppe Mazzini aveva e con non lieve ironia accennato agli ideali che fanno balda e lieta, anche tra le persecuzioni e le calunnie, la modesta opera nostra di picconieri, che intendono la rivoluzione sociale non elucubrazione infeconda di dogmi o di dottrine povere come fallibili, non grottesca cuccagna di galoppini elettorali, ma battaglia aperta e gloriosa di popolo rivendicante i suoi diritti?

Potevo tacere, quando in bella forma si dava agli anarchici poco men del visionario e del pazzo? Parlai. Ma parlai come uomo libero deve parlare a uomini liberi. Senza sottintesi, ma senza provocazioni. E perchè – se libera era la parola – m'interruppero, e ripetutamente, i cittadini Fratti e Giannelli? Perchè, essi che sono repubblicani, quindi amici di libertà, non lasciavano l'ingrato ufficio di interrompermi a chi rappresentava la P.S. in quella riunione? Perchè il cittadino Giannelli, prima d'accordarmi la parola, volle farmi il fervorino d'essere prudente, e di tenermi nei termini voluti dalla legge, proprio come se fossi un ragazzo maleducato, che parlando la prima volta, non sappia (e ben 17 processi, e non me ne vanto, me lo insegnarono) essere tutta di chi parla la responsabilità delle sue parole? E perchè, allorquando per dolorosa meraviglia, dopo le interruzioni di Fratti e di Giannelli, dissi loro: – Perchè m'interrompete proprio voi, e non lasciate che m'interrompa la polizia? – perchè, o repubblicani, inveite così ferocemente contro di me con tante contumelie e minaccie di morte?

Niuna intenzione, come solo per lealtà dichiarai, c'era in quelle parole mie, d'offendere il partito repubblicano. Niente altro che la dolente protesta di non veder rispettato il concessomi diritto della parola.

E l'avvocato Fratti, che dopo aver raccomandato la pace tra anarchici e repubblicani, mi scagliò, senza colpirmi, il bicchiere, fu egli forse conciliativo e cortese? Conciliativi voi, o repubblicani, che in maggioranza e nel paese vostro, nel parossismo e nell'odio per le male interpretate parole, a me, da pochi circondato, lanciaste l'insulto supremo: Va via strumento della polizia!...?

E a dire che furono tutti opera della polizia gl'innumerevoli processi che onorano la mia oscura vita di militante, e che tre nuovi essa contro me ne sta ora imbastendo in tre parti d'Italia!... Ma gl'insulti del popolo a troppi apostoli di libertà toccarono, perchè osi lagnarmene io, che sono un pigmeo, benchè della verità adoratore!...

Bando adunque alle recriminazioni; e che l'ultima parola che indirizzo partendo da voi, repubblicani di Fabriano, non sia parola di risentimento. Con Antonio Fratti ho una vertenza personale da risolvere. E in un modo o nell'altro la risolveremo tra noi due. Che c'entrano i repubblicani e gli anarchici con questi due uomini? Dobbiamo dunque adattarci a questa miseria morale di veder prevalere le persone alle idee?

Al diavolo adunque codesti avvocati, se il loro dissidio dovesse far divampare odio fratricida tra lavoratori e lavoratori! Ma a voi, compagni anarchici, a voi che mi conoscete, e sapete che mai nulla vi domandai all'infuori dell'onore d'essere accolto come semplice soldato nelle vostre file, principalmente rivolgo questa fraterna e conciliante parola di saluto. Dite agli operai repubblicani che noi, malgrado i loro insulti, non li odiamo. Dite che tutto l'odio nostro è contro il sistema che sfrutta ed opprime il popolo lavoratore. Dite pure che le miserie delle plebi le conosciamo perchè tra quelle passiamo, ignoti araldi della idea, tra la nomade vita. E di queste miserie ravvisiamo la causa, principale e profonda la quale non dipende dalla forma di governo, ma consiste nel privilegio della proprietà, che noi vogliamo convertire da monopolio di pochi in diritto di tutti, col renderla sociale, ed è perciò che siamo socialisti anzichè repubblicani.

Non vogliamo rivoluzione nella forma, bensì nella sostanza – e siccome vogliamo altresì che il popolo non abdichi alla sua sovranità col delegare a molti od a pochi il potere; ma che da sè amministri, a mezzo delle libere associazioni di lavoratori federati, il patrimonio sociale; così pure noi ci dichiariamo anarchici, cioè nemici di ogni ferma di governo. Dite pure ai lavoratori repubblicani, o compagni, che l'uguaglianza vera non sarà possibile, se non allora che tutto apparterrà a tutti e che la vera libertà non sarà rivendicata, se non allorquando gli uomini, tutti i lavoratori uguagliati nei diritti e nelle condizioni sociali, troveranno, nell'armonia dell'interesse di ciascuno con gl'interessi di tutti gli altri, la sicurezza e la guarentigia, che in nessuna forma di governo potrebbero trovare. E dite pure che allora il luminoso ideale di fratellanza e di giustizia, che agli uomini di poca fede parve sogno ed utopia di fronte alla tormentata realtà dell'oggi, sarà un fatto compiuto – e lo sarà principalmente per virtù di coloro che più, e più audacemente; avranno voluto. Così voi, schiera valorosa degli anarchici di Fabriano, quando tra i bei colli si ripercuoterà l'ora solenne delle riscosse popolari, spiegherete la bandiera delle rivendicazioni audacissime e sentendo saldi i petti e gli animi, correrete all'avanguardia e sarete i bersaglieri della rivoluzione.

E forse gli altri, quelli che ci chiamavano sognatori e nei momenti dell'ira perfino agenti governativi –vedendo la carica irresistibile delle nostre schiere contro i baluardi del privilegio e la nostra bandiera piantata sulla vetta suprema del monte fatidico, dovranno dire: Quei ragazzi che noi deridemmo, che molti calunniarono, che la polizia imprigionava, che la magistratura chiamò malfattori, eran davvero i precursori della civiltà umana.

E forse allora, anche i più tardigradi dell'esercito rivoluzionario, tenteranno di tener dietro alla carica epica dell'avanguardia anarchica. Questo direte, ma fraternamente, ai repubblicani ed agli operai tutti che ancora non ci compresero.

Vostro per la vita.

PIETRO GORI

Fabriano, 29 Agosto 1893.

Roma, 17 Marzo 1902.

Signor Direttore dell'Amico del Popolo,

Buenos Aires.

Le gazzette forcaiole del bel paese, dove io venni solo per riabbracciare i miei vecchi, si sono affrettate a ripubblicare gli insidiosi articoletti che l'Amico del Popolo e l'Italiano di cotesta capitale, come per mirabile intesa, scagliarono a me lontanissimo, in commento ad alcuni apprezzamenti sull'Argentina, male riprodotti da un giornale di Genova, e panegiristicamente coloriti da un telegramma da Roma alla Prensa che ho pure sott'occhio.

Se la vostra lealtà repubblicana vorrà concedere la parola ad un assente, come sempre calunniato, farà sapere ai vostri lettori:

Che al mio arrivo a Genova non fui, è vero, arrestato – come si stupiva l'anonimo sbeffeggiatore – ma da una coorte di poliziotti amorosamente atteso, e poi sempre imperialmente vegliato, sì che ne schiatterebbe d'invidia lo stesso Czar.

Che mai, nè ora, nè in passato, per principio e per carattere, volli accettare missione, anche la più austeramente scientifica da governo, qualunque esso fosse.

Che, anzi, l'unica volta, che ebbi la debolezza di credere equo almeno in un concorso puramente tecnico, un governo che si dice democratico – fui appunto da quello argentino brutalmente scavalcato nella nomina di professore d'italiano nel Collegio Nazionale di Buenos Aires, dopo una gara di esami da me stravinta.

Che malgrado ciò, non sentii l'imprescindibile obbligo, al mio ritorno in Italia, di aprire una campagna di denigrazione contro il paese che non m'aveva chiuso le porte nell'ora del crucifige, ed in cui avevo lavorato (sì, signor direttore, lavorato assai con la penna e con la parola, ripartendone più povero di quando vi giunsi) come vi avevo lottato ed anche sofferto. Ma quando la Società Scientifica Argentina ponendo sotto il Suo patrocinio alcune mie conferenze di viaggi per l'America australe, mi offrì il modo di ridire anche nel vecchio mondo le immense vibrazioni del lavoro, e del dolore, e delle speranze, tra la superba cornice di bellezze naturali impareggiabili di codesti paesi – accettai riconoscente – e tutto ridirò con la schietta serenità (che neppur voi, pare, mi potete perdonare) ciò che vidi: e vidi, più o meno le flagellanti ingiustizie, che avevo incontrato sotto tutti i cieli, sotto tutte le dominazioni.

Avrei dovuto meravigliarmi, come fa il Barzini, (ahi figlio pur esso d'Italia!...) di vedere anche costà iniquità e soperchierie – quando sputai sangue (e non me ne vanto) per volerla gridare sino ai confini nella Pampa.

Ad un assente, e così lontano, non è agevole schiacciare il capo agli aspidi della calunnia obliqua e vile. Ma sfido tutta codesta serpentaglia, che tenta imbavare il mio nome – a ripetermi in faccia le accuse, non dico di provarle (giacchè il fango gettato contro il porfido torna alla cloaca d'onde ne uscì). Vengano tutti i Marci Porci Catoni, che mi stanno accoltellando adesso alla spalle, vengano a schiacciarmi, fronte a fronte, nella prima riunione popolare che io stesso convocherò costà al mio ritorno.

E se non dimostrerò, che per la millesima volta la vigliaccheria umana, onorandomi dei suoi latrati di can da pagliaio rabbioso e lontano, m'ha reso più forte, più puro, più sereno che mai – vorrà dire che i can da pagliaio si saran fatti leoni – e che il pellegrino, a cui nè ringhio di botoli nè carezze o minaccie di potenti, avean mai fatto indietreggiare, ha perduta la testa e la vita.

Latri a sua posta cotesto canume costà, e morda il mio onore, e il disinteresse e la fede e le cose più care, che formano tutto il patrimonio (sola mia ricchezza) d'affetti, d'odî e di entusiasmi.

Non mi distrarrà certo cotesto guaito d'oltre mare dalla fatica disinteressata e buona, che mi trattiene per poco tempo più, tra le plebi d'Italia.

L'Amico del Popolo darà la parola al contumace?

PIETRO GORI

Ai lavoratori dell'Argentina,

Come parecchie altre volte, e sempre quand'io sono lontano e indifeso, la calunnia dei nemici e dei falsi amici, si compiace dilaniare in mille forme il mio nome. È una vecchia arte, per la quale – al di là dell'uomo – il bieco livor partigiano mira a colpir l'idea; quando non è (nelle file stesse a cui appartiene il calunniato) cieco delirio di mutua persecuzione, che fu ruina di molte rivoluzioni, e sul quale soffiano quasi sempre rabbiuzze ed ambizioncelle insoddisfatte, antipatie indefinibili, invidiette inconfessate.

Anche questa volta bastò che un giornale di costà riportasse, più o meno telegraficamente da un altro di Genova, una intervista fantastica sull'Argentina, fabbricata inesattamente su qualche frase scambiata con un giornalista perchè subito i molti che mi odiano organizzassero contro la mia riputazione un indecente can can di vituperio da una sponda all'altra del Plata; ed alcuni miserabili Sparafucile della penna, si affrettassero a ricamarvi sopra non so qual conferitami carica del governo Argentino in Europa e quale sbruffo (ah, viscido camorrista dell'Italiano da 5 centavos, come puzza di te questa parola!...) che mi dovrebbe convertire in cantastorie ambulante per il vecchio mondo.

Ah dunque non bastano 15 anni di animoso lavoro, tutto spremuto dal cervello e dal cuore, a traverso il dolente sterminio delle braccia e delle dignità umane, sposando tutti i dolori e tutte le speranze delle moltitudini incontrate ed amate nel vasto cammino per il mondo, che divenne la patria grande, quando la patria piccola si fece matrigna – non basta aver sorriso alle minaccie più truci, alle ironie più amare, ai più neri tradimenti; aver rovinato salute e fortuna e vista sfiorir la giovinezza in un ramingaggio faticoso nel quale sola gioia era stata l'idea, l'interno lume solitario, sola ambizione quella di irradiarla coraggiosamente sugli uomini, con tutta la forza dell'amore, con tutta la voluttà del sacrificio?... Non basta, non basta.

Che un furfante passi alle spalle del Rabbi di Nazareth, quando si avvia al Golgota, o dietro la ondata popolare che segue Confucio, o presso il carcere di Socrate – ed a quel furfante venga la voglia malvagia di lanciare al giusto una contumelia, oh da quante bocche non scellerate, eppure inconsciamente infami, sarà ripetuta la trista parola, e il contagio di viltà contro l'indifeso susciterà nella folla il primitivo istinto animalesco dell'uomo, quello di mordere, di sbranare!... Se dunque coteste colossali figure della storia non isfuggirono alla sorte comune – potrò lagnarmi se avviene lo stesso a me, povero milite di una idea tanto più grande, quanto meno compresa da molti, anche di quelli che se ne ammantano?...

Ciò ch'io spero, o lavoratori d'America, è che alle insinuazioni nuove, come già alle vecchie, alcuni di voi, che più da vicino m'han conosciuto, e, malgrado le inevitabili imperfezioni, stimato nella sincerità dei propositi e nell'ardente amor di giustizia, abbian riserbato ogni loro giudizio, a quando il calunniato avrà almeno potuto, così da lungi, e senza che gli sia dato fronteggiar gli accoltellatori del suo buon nome, difendersi?...

Difendermi?

Ma io accuso! Accuso cotesti cavalieri della forca, ed i loro staffieri di penna e di viltà, che rappresentano costà al Plata, la importazione più sudicia della criminalità larvata italiana, scappata al codice comune. Non ci voleva che cotesta schiuma di purezza per insinuare ch'ero pagato dal governo Argentino, per magnificare cotesto paese in Europa, quando costà proclamai, in cento occasioni, ed in ogni più remoto angolo della Repubblica e del SudAmerica, tutto il marcio che pur costà cola da ogni lato, e che il popolo deve sopprimere con l'energia della sua volontà sovrana tutto il bello ed il buono che egli deve conquistare alle terre ampie e generose, ch'egli col suo sudore feconda.

Accuso quei nemici politici, che ebbero la bassezza di servirsi di codesta incredibile calunnia, per danneggiare non solo l'uomo lontano, ma le idee ch'egli onestamente portò da per tutto, come orifiamma di combattimento, agitandole, in nome del libero pensiero, innanzi ai sanfedisti di Cordoba e di Asunción del Paraguay, in nome della fratellanza umana, in faccia ai patriottardi cileni; e dovunque, dalla cattedra alla tribuna popolare, dalla stampa al Foro, sempre levandosi in difesa dei miseri e dei calpestati.

Accuso quei compagni, che per sfogare le ire invidiosette stettero sempre in agguato d'ogni maldicenza e d'ogni pettegolezzo, aleggiante sul mercato della poltroneria intellettuale, onde colpirmene alla schiena, dopo avermi sorriso ipocritamente.

Sfido tutta cotesta gente a provare una sola delle vigliaccherie, fucinate, per ignoranza, malignità, o perfidia durante la mia assenza; e spero che cotesti Aristarchi verranno a sostenermi in faccia, che io deviai di una sola linea dal retto cammino, quando io rinfaccerò loro, pubblicamente, la viltà dell'aggressione.

A voi soli, lavoratori, a cui appartiene quanto di meglio possono dar tuttavia la mia intelligenza e il mio amore per la causa vostra, a voi soli perdono, se l'onda dei sospetti malignamente agitata vi suggerì il dubbio contro di me. Guardandomi in fronte, al ritorno, vi leggerete l'antica lealtà.

PIETRO GORI

Questa fiera e nobile lettera fu pubblicata nel Verdad di Buenos Aires del 1415 aprile 1902, periodico settimanale della colonia, straniera nella repubblica Argentina.

On. Redazione del giornale Avanti! Roma

Al vostro giornale chiedo il tramite della pubblicità, per questa mia lettera aperta

al signor Ministro dell'Interno

È ben oltre un anno, che per istruzioni perentorie e sistematiche emanate dal potere centrale (non ci fu soluzione di continuità da Giolitti a voi) la polizia italiana sta ravvolgendo la mia persona ed i miei atti d'una fitta rete di spionaggio, ch'io credo il record più folle della provocazione e della bestialità.

Poniamo pure, dacchè in Italia e fuori troppi v'aggiustaron fede – con quella forma di correità anonima nello accoltellamento morale d'un uomo, che pare uno stame indispensabile al canevaccio dell'ordine costituito – poniamo pure, ch'io sia il più cannibalesco tra gli agitatori politici ed il più truce fra i maciullatori di carni regali o borghesi, che la nemesi rivoluzionaria abbia mai evocato dagli abissi sociali ed ammettiamo che, per i compromessi internazionali dello Stato italiano, valga a francar la maggiore spesa di indubitabili migliaia di lire sul bilancio, cotesta tacita ed occhiuta grassazione poliziesca sopra ogni mio gesto, strisciante alle mie spalle, a piedi od in bicicletta, che mi accompagna, come la catena del forzato, in piazza ed a palazzo, in comizio ed in tribunale, sul treno e fino all'uscio della trattoria o della mia casa – e che in qualsiasi paese, meno cosacco del nostro, m'avrebbe già offerto il destro giuridico di condurre alla sbarra, come autori di diffamazione continuata e qualificata, cotesti proconsoli vostri, che mi fanno apparire alla gente, che m'ignora, come un serpente inseguito dai gabbieri del serraglio; e ci sarebbe stato di che strappar di mano da qualsivoglia più calmo sceveratore di responsabilità gerarchiche più d'una rivolta clamorosa e legittima contro gli infimi strumenti di cotal novissimo aguzzinato Italico, che mi mette, pubblicamente e fuor d'ogni legge, in ceppi, se non di corpo, certo di spirito.

Ma che si pretende leggere nei miei... talloni?... Nel duplice intento di dimostrare con quanto acume, signor Ministro, in alto, e con qual criterio in basso, si compia cotesta vigliacchetta manomissione della mia libertà individuale, e come a me sarebbe facile, sol che volessi, digerir comodamente mezza dozzina d'orecchie imperiali, prima che giungessero i cicligeri – una volta debitamente distanziati – giocai loro qualche acre burla, quando la pagliacciata degenerava nel grottesco supremo, ed altrove li investii con qualche scatto... verbale, quando la nausea mi rovesciava lo stomaco. In simili occasioni quei disgraziati finivano col concludere meco sulla indiscutibile imbecillità... delle disposizioni venute dai superni moderatori. E fu allora appunto che, qua e là, le ritorte si allentarono.

Ma in qualche provincia cotesto basso e sciocco spionaggio ufficiale, che Giovanni Bovio (a ben altre superbe lotte or mancato!) si accingeva a denunziare in parlamento, trabocca adesso in un supremo ridicolo crudele, che strappa alla mia anima in tumulto questo grido d'avvisaglia.

Centinaia di persone possono far fede su quanto sto per narrare

Con un lento viaggio di sofferenze inenarrabili riaccompagnavo di questi giorni, mia madre esausta, per tanti mesi d'infermità atroce, da S. Marino a questo suo paese nativo.

Ebbene, signor ministro dell'interno; le solite ombre, implacabili di persecuzione inutilmente idiota, ci seguivano di treno in treno, in stazione, in albergo – ci seguirono fin quassù, tra questi poggi solitarii, ove sin dal mio arrivo dall'America bivacca una piccola squadra politica, esclusivamente addetta alla mia... non sacra persona. Ed ogni mattino ed ogni sera che io accompagno la mia inferma adorata a passeggio, in vettura, codesti ciclisti ci sono sulle calcagna – e l'ordine (io potrò agevolmente smentire ogni vostra possibile smentita, signor ministro) vien proprio, attraverso gli androni della prefettura di Pisa, dal vostro dicastero.

È anche vero, che in una crisi straziante che mia madre ebbe lunedì scorso giungendo alla stazione di Montecatini, due di coteste tristi ombre del mio corpo si convertirono in agenti di soccorso e di carità; ma fin la pietà di quei miseri detriti di proletariato italiano mi parve uno schiaffo inconsapevole al terror senile dei reggitori.

Fate come a voi piace, signor ministro, spiare ogni mio atto, ogni mio passo, ogni mio gesto.

Se i rapporti non mentiranno, come è loro costume, avrete documenti ufficiali d'una vita modesta, che se non ha gloria non ha colpe da nascondere.

Ma togliete – non è più questione di pudore – togliete via da questi poggi sereni, dove io vengo dalla mischia, che giù in basso si combatte, ad espiare in una tenerezza infinita presso quell'origliere d'inferma il vecchio mio gran sogno di bene – e prima che qualche trabocco di sdegno non mi travolga dalla protesta civile all'atto di imprescrittibile ribellione – togliete via quelle ombre di persecuzione, che torturano la vita, di Lei... Volete anche, signor ministro, che affrettino la morte di quella madre santa e dolorosa?

Attendo.

PIETRO GORI

Rosignano Marittimo, 15 agosto 1903.

Pisa, 17 gennaio 1907.

Egregio Voltolino,

parto da questa cara città, ch'è ormai legata alle memorie più gioconde e più meste della mia vita – con una acre nostalgia delle ansie, delle lotte, persino di quelle due agonie diverse, in quei due letti, in quelle due camerette contigue: il figlio, attanagliato nelle carni e nell'anima, il padre quieto alfine, dopo tante procelle, nella morte.

Perchè quelle cose, pure atroci, in questa antica via San Frediano, dinanzi alla eco gogliardica delle mie scapigliature ventenni ripercossa nelle veglie febbrili, mi parevano ancora come un palpito degli anni migliori, che si estinguesse in quel rantolo, e nei canti notturni dell'anno morente, e nel ritorno di quel mio vecchio eroico, immacolato come la neve dei suoi capelli, verso i poggi del Tirreno, in quel mattino tutti bianchi anch'essi di neve; ritorno verso il sogno supremo, presso la sua compagna, che fu pure maternamente eroica.

E perchè su tutta cotesta mestizia di cose immensa era passato in cotesti due mesi indicibili, pure in contrasto inevitabile con umane cupidigie, un grande alito di gentilezza umana, una gara disinteressata e superba in difesa di due esistenze: e da Giovan Battista Queirolo, il clinico insigne, a Rinaldo Cassanello, il chirurgo valorosissimo; dall'esimio dottor Ferruccio Fontana ai carissimi amici prof. Pardi, dottori Ricci, Spadoni e Del Guasta, dai militi della Pubblica Assistenza ai popolani premurosi e modesti, fu combattuta una di quelle mirabili lotte, ignorate dai più, e che soltanto la scienza e la bontà possono ingaggiare, al di là delle ispide siepi degli antagonismi politici e sociali, contro ogni morbo, ed ogni dolore.

Ma quando tutta una fiumana di militi di così diversi eserciti, e sotto sì opposte bandiere vide stringersi attorno al feretro del caro estinto dai suoi compagni d'arme ai miei fratelli d'ideale, mi sorrise negli occhi, velati di lacrime, il meriggio delle auspicate fratellanze nella vita, dopo coteste miti albe di pietà al passar della morte.

Chi parte con l'anima riboccante di tali alte visioni, non si stempera in ringraziamenti volgari: ed io vado verso la costa azzurra, portando nel cuore il battito di tanti gemiti gentili.

Rimanga in essi, di quelle vibrazioni del mio spirito. il palpito più ampiamente fraterno.

Vostro PIETRO GORI

Pisa, 14 febbraio 1907.

Caro Foresi,

voi conoscete ormai qual nembo sia passato su questa, casetta, la quale non doveva essere che una tappa del mio cammino verso Genova, verso il lavoro, verso la vita – àncora di lotte e d'idealità; e fu invece l'ergastolo dei miei tormenti fisici prima – ed al morire dell'anno, l'ascoltatrice muta d'una mia agonia morale d'organismo inerte, là sopra un letto, dietro il piccolo muro, che tremò per sette ore al rantolo del mio bel vecchio, solenne quercia Elbana, schiantata da quella atroce notte di turbine. Ma io non voglio lasciarla questa casetta del dolore, diretto ormai non più a Genova vorticosa di lavoro e d'aneliti, ma, come un infrollito baronetto Scozzese, agli ozî molli della costa azzurra – verso le bische lussuose e tragiche – solo con mia sorella, ancora, ancora in gramaglie; non voglio partire (a quando, Pisa evocatrice?...) da questo lung'Arno solatio senza mandare, per mezzo vostro, il mio saluto più pensoso, il mio rendimento di grazie più vivo a tutti coloro (e quanti furono!...) che dall'isola maternamente memore, vollero presenziare, con l'animo fraterno, alle lotte eroiche della scienza e dell'amicizia in difesa di una vita: la mia, al compianto vasto sopra una morte: quella di mio padre, che fu l'ultimo raggiare della canizie sacra innanzi al focolare nostro; a cui non si assidono più che i fantasmi delle ricordanze.

Tornerò dalle primavere iemali, al cui balsamo mi mandano i dottori?... Rivedrò ancora, al di là del velo di lacrime, i graniti della nostra Cordigliera sulle azzurrità di ponente?...

Dite voi dunque, o amici dell'Ilva, ai buoni, ai rammemoranti, tutta la nostalgia di questo a rivederci, tutta la invincibile speranza, pur nella mestizia dell'ora.

Vostro

PIETRO GORI